Arena-Taschenbuch
Band 2658

Christine Fehér,
geboren 1965 in Berlin, unterrichtete Religion an der Schule
einer psychiatrischen Kinder- und Jugendklinik.
Zurzeit ist sie Religionslehrerin an einer Grundschule.
Außerdem schreibt sie Kinder- und Jugendbücher.

Christine Fehér

Freindinnen

Arena

In neuer Rechtschreibung

1. Auflage als Originalausgabe im Arena-Taschenbuch 2005

Umschlaggestaltung: Frauke Schneider unter Verwendung
eines Fotos von Katja Krause
Umschlagtypografie: knaus.büro für konzeptionelle
und visuelle identitäten, Würzburg
Gesamtherstellung: Westermann Druck Zwickau GmbH
ISSN 0518-4002
ISBN 3-401-02658-5

www.arena-verlag.de

1. Freitag

»Ihr seid also am Montag früh alle um halb acht am Bus!« Unsere Klassenlehrerin Frau Otte versucht mit ihrer Raucherstimme das Klingeln zum Ende der sechsten Schulstunde zu übertönen. »Und seid bitte pünktlich, um Punkt acht Uhr fahren wir wirklich los! Eure Koffer könnt ihr schon am Sonntagnachmittag in den Klassenraum stellen. Der Busfahrer wartet nicht auf Langschläfer. Hat das jetzt auch Raoul Wildner begriffen?« Sie wirft dem süßesten Jungen aller Zeiten noch einen prüfenden Blick zu, doch Raoul stopft bereits seinen zerknickten Deutschhefter und die bekritzelte Schlamperrolle in den Rucksack und steht auf. Recht hat er, denn die Otte erzählt uns seit Wochen nichts anderes mehr, als dass wir am Morgen unserer Klassenreise nicht zu spät kommen sollen. Als ob wir das nicht selber wüssten. Ich für meinen Teil werde auf jeden Fall pünktlich sein, so sehr freue ich mich darauf. Nie wieder werde ich so viele Stunden am Tag in Raouls Nähe sein können! Als Raoul an meinem Tisch vorbeigeht, streift mich sein Blick und ich glaube, er hat ganz zaghaft gelächelt. Unserer Klassenbesten, der sprachbegabten Rose mit ihren Flohmarktklamotten, kann dies ja wohl kaum gegolten haben. Sie hätte es ohnehin nicht bemerkt, da sie selbst jetzt nach dem Klingeln noch tief über ein Buch gebeugt auf ihrem Platz sitzt.

Seit zwei Monaten schwärme ich schon für Raoul. Damals kam er neu in unsere Klasse, weil abzusehen war, dass er die Achte nicht schafft. Da hat er lieber gleich zu uns gewechselt, statt weiter in seiner alten Klasse die Zeit bis zu den Sommerferien abzusitzen, wo die Lehrer ihn sowieso schon längst aufgegeben hatten.

Raoul wirkt viel erwachsener als die anderen Jungs bei uns. Zur Schule kommt er mit dem Mofaroller, und der Unterrichtsstoff fällt ihm deshalb so schwer, weil er sowieso ganz andere Ziele hat. Raoul will Musiker werden. Etwas anderes kommt für ihn gar nicht in Frage. Meine beste Freundin Marilu und ich haben einmal einen Auftritt der Rockband miterlebt, in der Raoul Schlagzeug spielt. Seitdem ist es um mich geschehen. Er trommelt einfach genial und er sah so cool aus mit dem roten Bandana, das er wie ein Stirnband um seinen Kopf geknotet hatte. Ein

bisschen wie ein Pirat. Seine dichten blonden Haare schauten oben heraus und wippten immer im Takt seiner Drumsticks. Einer davon zerbrach während des Konzerts und ich sah später, wie Raoul ihn achtlos in den Mülleimer am Ausgang pfefferte. Als niemand hinsah, fischte ich ihn wieder heraus und legte ihn zu Hause unter mein Kopfkissen. Marilu himmelte damals den Sänger an, zum Glück. Aber seitdem hat sie nie wieder von ihm geredet. Wahrscheinlich hat sie ihn längst vergessen.
Ich könnte Raoul nie vergessen. Auf der Klassenfahrt will ich ihn endlich erobern. Wenn ich nur wüsste, wie ich das anstellen soll! Vielleicht kann ich gemeinsam mit Marilu eine Strategie entwickeln. Sechs Tage sind wir in der Jugendherberge, von Montag bis Samstag. Dann fahren wir wieder zurück. Es muss einfach klappen!

Marilu atmet befreit auf, als wir endlich auf die Straße treten. »Ich dachte schon, dieser Schultag geht nie vorbei«, seufzt sie. »Als ob sich heute noch irgendjemand auf Grammatik und binomische Formeln konzentrieren kann! Sag mal, hast du eigentlich eine Regenjacke? Wir sollen ja unbedingt eine mitnehmen.« Sie blinzelt in die grelle

Mittagssonne und schüttelt den Kopf. »Bescheuerte Idee von Frau Otte!«
»Ich habe eine, aber die passt mir bestimmt nicht mehr«, vermute ich. Den Blick in die Sonne meide ich, ich muss ohnehin schon dauernd niesen wegen meiner Allergie gegen alles, was blüht. »Aber wir können ja morgen shoppen gehen, dann finden wir vielleicht eine, die nicht ganz so verboten aussieht. Holst du mich ab?«
Bevor Marilu antworten kann, werden wir schon von zwei Jungen auf ihren Fahrrädern umkreist. Ich glaube, die sind einen Jahrgang höher, aus Raouls alter Parallelklasse vielleicht. Ihre Namen kenne ich nicht. Der eine fährt viel zu dicht an Marilu heran, sie muss ausweichen, der andere bremst rechtzeitig, ruft ihren Namen und grinst.
»Kommst du heute Nachmittag mit zum Baggersee?«, fragt der erste und bleibt so dicht vor Marilu stehen, dass sie nicht an ihm vorbeikommt. »Das Wasser ist schon total warm, ich war gestern erst zum Baden da. Ehrlich!«
»Wenn es dir zu kalt ist, wärmen wir dich!«, feixt sein Kumpel. »Darin sind wir richtig gut, du wirst sehen!«
»Keine Zeit«, lehnt Marilu ab und versucht sich an den zwei lästigen Verehrern vorbeizuzwängen. »Habe

Dringenderes zu tun.« Sie deutet auf mich und erzählt mit knappen Worten, dass wir am Montag auf Klassenreise gehen und vorher noch eine Menge wichtiger Dinge zu erledigen haben. Das Wort »wichtig« betont sie extra, sodass die Jungs sich vorkommen müssen wie zwei Trottel. Doch dann neigt sie ihren Kopf und lächelt die beiden verführerisch an.

»Im Winter gehe ich bestimmt mal hin«, verkündet sie, »zum Schlittschuhlaufen! Vielleicht sieht man sich dann! Bis dahin habt ihr eure Künste im Wärmen sicher noch verbessert!«

Mit unmissverständlicher Geste bedeutet sie den Jungs uns endlich durchzulassen und tatsächlich bahnen sie jetzt mit ihren Fahrrädern eine kleine Gasse. Während wir weitergehen, hallen die Protestrufe der beiden in unseren Ohren, das würde ja noch ewig dauern und so lange hielten sie es ohne Marilu nicht aus. Sie jedoch lacht, bis die Typen außer Hörweite sind.

»Ach, mir fällt noch etwas ein«, sagt sie, bevor wir uns an der Ecke trennen müssen. »Die Grammatikarbeit kann ich zu Hause nie im Leben vorzeigen, ich will mich lieber mündlich mehr anstrengen, damit sie in der Zeugnisnote nicht so zu Buche schlägt. Du kannst doch so gut die Handschriften anderer Leute nachmachen. Schreibst du mir den Namen meiner Mutter drunter?«

»Kein Problem.« Ich setze mich auf einen kleinen Mauervorsprung und ziehe meine Schlamperrolle aus dem Schulrucksack. »Aber halte ja dicht. Außer uns beiden braucht das niemand zu wissen, sonst kommen sie nachher alle an!«

»Raoul könnte deine Dienste bestimmt gut gebrauchen«, lacht Marilu.

»Ich kenne ihn noch nicht gut genug«, weiche ich aus. »Für so was muss man einander vertrauen können.«

»Du fühlst dich doch nicht ausgenutzt?«, fragt Marilu und sieht mich beinahe erschrocken an. Ich schüttle den Kopf, obwohl es ein bisschen stimmt. Schnell beuge ich mich über ihren Schnellhefter und blättere nach einer älteren Unterschrift ihrer Mutter.

»Die geht leicht«, stelle ich fest und präge mir rasch die Buchstaben ein. In einem Zug schreibe ich den Namen unter die rot prangende Fünf, die Frau Otte meiner Freundin verpasst hat.

»Du bist wirklich ein Ass, Josi«, staunt Marilu, klappt den Ordner zu und drückt mir einen Schmatzer auf die Wange. »Das werde ich dir nie vergessen! Jetzt muss ich aber los, bis morgen also! Um zwei vorm Zeitungsladen!«

Als ich weitergehe, versuche ich nicht mehr an die Unterschrift zu denken. Ohnehin kehren meine Gedanken zu unserer bevorstehenden Klassenreise und zu Raoul zurück, aber auch zu Marilus cooler Art den Jungs gegenüber.

Mit Raoul so umzuspringen würde ich mich nie trauen. Aber Marilu macht das immer und könnte jeden Jungen haben, den sie wollte. Glaube ich zumindest.

2. Samstag

Den ganzen Vormittag bummeln wir durch die Einkaufspassage in der Innenstadt. Marilu hat tatsächlich eine Regenjacke gefunden, die ihr super steht, aus rotem Lack und mit einem tollen, kurzen taillierten Schnitt. Wenn ihre dunkelbraunen Locken unter der Kapuze hervorquellen, wirken sie sogar noch üppiger als sonst. Die Streifen auf ihren Sneakers haben zufällig dasselbe Rot. Ich wette, dieser Anblick wird auch Raoul nicht kalt lassen. Ich kann nur hoffen, dass sie sich nicht auch in ihn verknallt, denn dann kann ich meinen Plan, mit ihm zusammenzukommen, in den Wind schreiben.
»Jetzt kann es von mir aus jeden Tag wie aus Eimern gießen«, meint Marilu und dreht sich zufrieden vor dem Spiegel in unserem Lieblingsklamottenladen. »Ich zahle schnell, dann suchen wir noch eine für dich, Josi. Okay?«
Aber für mich finden wir keine. Vier verschiedene Regenjacken probiere ich an, doch in allen sehe ich aus wie eine Viertklässlerin beim

Orientierungswandern. Marilus Jacke gibt es auch noch in Schwarz, die wäre am besten, aber natürlich hängt sie nur noch in XL da. Ich brauche S oder M. Wir fragen die Verkäuferin, doch die schüttelt bedauernd den Kopf.

»Vor August kommt auch nichts mehr rein«, sagt sie, dabei haben wir gerade erst Mitte Mai. Als ob es im August mehr regnen würde als gerade jetzt. Aber so ist es immer: Bei 30 Grad im Schatten hängen sie Steppjacken und graue Flanellrucksäcke in die Läden und im Januar hellgrüne Sommertops. Toll. Jetzt spüre ich auch noch, wie sich ein völlig alberner Kloß in meinem Hals breit macht. Es ist so ungerecht. Ich will doch nur Raoul gefallen, weiter nichts. Warum kann ich beim Klamottenkaufen nicht auch mal Glück haben?

»Dann nimm doch die Durchsichtige«, schlägt Marilu vor. In ihrer Stimme schwingt Mitgefühl mit, doch mit einer ungeduldigen Bewegung zieht sie mich zu der Jacke, die ich als Erstes anprobiert habe. »Darunter ziehst du einfach deine coolsten Sachen an, wenn Frau Otte uns wirklich mal bei Regen rausscheuchen will. Dann wird dein Raoul schon weiche Knie bekommen.«

Die durchsichtige Regenjacke sieht bescheuert aus,

aber ich will hier weg. Erst als wir mit unseren Tüten wieder auf die Straße treten, wird meine Laune besser. Es ist so warm, dass die meisten Leute im T-Shirt herumlaufen, beim Straßenverkauf des italienischen Eiscafés hat sich eine lange Schlange gebildet. Auch Marilu und ich stellen uns hinten an.
»Einfach himmlisch«, schwärmt Marilu kurz darauf, und das Himbeereis färbt ihre Lippen dunkelrosa. Ich stimme zu und lasse Haselnussgeschmack in meinem Mund schmelzen, während wir weiterschlendern. Ob Raoul mich oder Marilu gut findet, kann ja wohl nicht nur von unseren Regenjacken abhängen.
Im Drogeriemarkt kauft Marilu noch einen Reisefön, ich eine Probepackung Balsamshampoo. Nebenan hat ein neuer Jeansshop aufgemacht, auf dem Ständer draußen hängen diese neuen, bunt bedruckten Shirts, die jetzt so in Mode sind. Mit einem begeisterten Aufschrei stürzen wir uns darauf.
»Sieh nur, Marilu, dieses hier!«, quietsche ich.
»Genau meine Lieblingsfarben! Findest Du nicht auch, dass das Blau zu meinen Augen passt?«
Marilu hält sich selbst ein Shirt in Olivgrün und Apricot vor die Brust. »Perfekt«, antwortet sie, und ich bin mir nicht sicher, ob sie mich oder sich selbst meint. »Komm mit rein, wir probieren sie an!«

Die Shirts sind der Wahnsinn. Mal abgesehen davon, dass Marilus Shirt sich mit ihrer knallroten Regenjacke beißen würde, sieht sie super darin aus. Aber auch ich war noch nie so schön. Der aquablaue Farbton lässt meine Augen wirklich strahlen. Die engen Dreiviertelärmel und der taillierte Schnitt machen eine klasse Figur. Und wer hätte gedacht, dass dieser etwas tiefere, ovale Ausschnitt ein so sexy Dekolletee zaubern würde? Bei mir, der stillen blassen Josefine Wutz?

»Ob ich Raoul darin gefallen würde?«, überlege ich laut. Immer wieder drehe und wende ich mich vor dem Spiegel. Von der Kassentheke aus lächelt mir die Verkäuferin anerkennend zu. Sie will natürlich, dass wir was kaufen.

Marilu mustert mich und zuckt mit den Achseln. »Keine Ahnung.« Sie verschwindet erneut in der Umkleidekabine, von drinnen höre ich Stoff rascheln. Im nächsten Augenblick streckt sie ihren Arm nach draußen. »Tauschen wir mal?«

Das olivgrüne Shirt steht mir überhaupt nicht. Darin sehe ich aus wie eine wandelnde Leiche, noch dazu in diesem Neonlicht. Als Marilu endlich den Vorhang zur Seite schiebt und in »meinem« Traumshirt heraustritt, bleibt mir die Spucke im Hals stecken. Es

steht ihr genauso gut wie mir, mindestens. Wenn nicht noch besser. Nicht mal die Verkäuferin lächelt mehr. Sie wirft Marilu einen Blick zu, als habe sie in ihr soeben einen neuen Star entdeckt.
»Na?«, fragt sie knapp und flirtet mit ihrem Spiegelbild.
»Auch nicht schlecht«, nicke ich und schaue schnell beiseite.
Nachdem wir uns wieder umgezogen haben, zähle ich das Geld, was ich noch im Portmonee habe.
»Vierzehn Euro achtzig«, stelle ich frustriert fest und hänge das tolle blaue Shirt wieder auf seinen Bügel.
»Aus der Traum von der Schönheit, Raoul ist für alle Zeit verloren. Was ist mit dir? Nimmst du dein olivgrünes?«
Marilu wiegt ihren Kopf hin und her. »Genug Kohle hätte ich noch«, meint sie. Doch dann kramt sie plötzlich in der Handtasche nach ihrem Handy, starrt auf das Display und tippt hastig eine SMS in die Tastatur.
»Auweia«, stößt sie hervor, »ich muss ganz schnell weg, nach Hause!«
»Nach Hause? Wieso, es ist doch erst halb vier! Weißt du nicht mehr, wir wollten noch . . .«
»Tut mir Leid, Josi, es geht wirklich nicht anders«,

unterbricht sie mich. »Ich rufe dich morgen noch mal an. Bis dann also!«
Als sie weg ist, nicke ich der Verkäuferin zu, hänge beide Shirts wieder draußen an den Ständer und drehe ihn so, dass sie aus meinem Blickfeld verschwinden.
Dann trete auch ich den Heimweg an. Es ist sowieso Zeit, zu packen, und meine Nase kribbelt selbst hier in der Innenstadt wie verrückt. Seitdem ich klein war, leide ich unter Heuschnupfen und im Frühling macht er mich beinahe wahnsinnig. Ich muss nach Hause, zu meinem Allergiespray.

3. Sonntag

Fast das gesamte restliche Wochenende ist beim Kofferpacken draufgegangen. Immer wieder stopfe ich alles Mögliche hinein, nur um danach alles wieder herauszureißen und die Hälfte der Sachen wieder in den Schrank zu hängen. Auf einmal erscheinen mir alle meine Klamotten zu langweilig, zu nichts sagend für die Klassenfahrt. Es ist nichts dabei, was Raoul dazu bringen könnte, überhaupt ein Augenlid zu heben, wenn ich vor ihm stehe.
Ab und zu kommt meine Mutter herein und mahnt mich, auf jeden Fall genug warme Kleidung einzupacken, mindestens zwei dicke Pullover, Wollsocken und, ganz wichtig, Unterhemden.
»Nicht dass du mir da wieder tagelang bauchfrei herumläufst«, warnt sie mich. »Morgens und abends ist es noch so kühl und nachher liegst du mit einer Nierenbeckenentzündung flach!« Aber als ich die Augen verdrehe und stöhne, verschwindet sie wieder.
Zwei Stunden später bin ich schließlich doch so weit,

dass ich glaube, so halbwegs werde ich mich sehen lassen können. Als ich meinen Koffer schließen will, geht er nicht zu; zuerst hängt an irgendeiner Ecke ein Stückchen Stoff heraus, dann fehlt meine Schlamperrolle und der Schreibblock und schließlich fällt mir ein, dass ich überhaupt noch keinen Kosmetikbeutel gepackt habe. Völlig erledigt sitze ich schließlich auf meinem ganzen Gepäck und versuche, die Schlösser des Koffers zuschnappen zu lassen. Gerade als ich es fast geschafft habe, kommt meine Mutter erneut zur Tür herein und reicht mir unser schnurloses Telefon.

»Marilu ist dran«, sagt sie. »Mach aber nicht zu lange, wir essen gleich.«

Sie hat das seltene Talent, immer genau dann mit dem Kochen anzufangen, wenn ich ein wichtiges Telefonat führe. Das macht sie mit Absicht, weil sie davon ausgeht, dass das, was ich mit meinen Freundinnen zu besprechen habe, sowieso überflüssig ist.

»Was ziehst du denn auf der Abschlussparty am letzten Abend an?«, fragt Marilu atemlos, sobald ich mich gemeldet habe. »Ich bin hier am Verzweifeln, meine Feten-Outfits habe ich alle schon tausend Mal getragen!«

»Kein Wunder«, bemerke ich trocken und hoffe, dass sie den Neid in meiner Stimme nicht hört. »Du bist ja auch fast jedes Wochenende irgendwo eingeladen.«
»Mach dich nur über mich lustig«, jammert Marilu weiter. »Dafür hätten wir shoppen gehen sollen und nicht für eine Wanderung bei Regenwetter!«
»Eigentlich hätten wir genug Zeit gehabt«, entgegne ich verwundert. »Wenn du nicht so plötzlich nach Hause gemusst hättest. Also ich ziehe meine schwarze Glitzerjeans an, ein enges Top drüber und meine Sneakers.«
»Glitzerjeans«, wiederholt Marilu gedehnt und ihre Stimme klingt so, als hielte sie das bestenfalls für die passende Kleidung zum Kindergeburtstag.
»Man sieht es nur, wenn das Licht genau drauffällt«, sage ich. »Du kannst sie dir ja mal ansehen. Wenn sie dir gefällt, können wir auch tauschen!«
»Du bist ein Engel, Josi!« Ich höre, wie meine Freundin am anderen Ende erleichtert ausatmet. »Was würde ich nur ohne dich machen?«
»Dir von jemand anders ein Outfit borgen«, vermute ich. »Und zwar das coolste, was du kriegen kannst! Bist du sonst schon fertig mit Packen?«
In diesem Moment hämmert meine Mutter geräuschvoll gegen die Tür und zu mir herein dringt

ein Duft aus der Küche nach gebratenem Fleisch und frischem Basilikum. Das mit dem Essen war also nicht nur ein Vorwand, um mich von Dauergesprächen am Telefon abzuhalten.

»Ich muss Schluss machen«, sage ich deshalb.

»Aber wir müssen uns noch einen Schlachtplan ausdenken«, mahnt Marilu. »Wie du deinen Raoul erobern kannst.«

»Ich denke an nichts anderes«, gestehe ich. »Aber in solchen Dingen bin ich längst nicht so geübt wie du. Wie machst du es nur immer, dass dir die Jungs zu Füßen liegen wie ein gegerbtes Eisbärfell?«

»Hast du doch neulich gesehen«, antwortet sie und ich sehe genau vor mir, wie sie jetzt im Sitzen ihre Beine übereinander schlägt und vor dem Spiegel ein verführerisches Lächeln ausprobiert. »Je toller du einen findest, umso cooler musst du ihn behandeln. Ihm eine Zeit lang so richtig die kalte Schulter zeigen.«

»Meinst du wirklich?« Es stimmt, so macht Marilu das immer und hat damit Erfolg. Aber mir kommt so ein Verhalten vor, als ob ich essen gehen würde und mir dann aus der Speisekarte das aussuche, was ich am wenigsten mag. Oder als ob ich einen spießigen braunen Faltenrock anziehe, obwohl ich die

angesagtesten Jeans haben könnte. Einen Jungen abblitzen lassen, zu dem ich mich hingezogen fühle – das ist doch abartig.
»Wie soll Raoul dann jemals merken, dass ich ihn mag?«, frage ich also. »Er muss doch denken, ich halte ihn für den letzten Idioten!«
»Genau das wird ihn aber anstacheln«, meint Marilu. »Denn dann merkt er, dass du ihn nicht nötig hast. Dass er sich anstrengen muss, um dich für sich zu gewinnen. Und nicht umgekehrt.«
»Klingt einleuchtend. Aber wenn ich ihn nicht beachte, falle ich ihm vielleicht gar nicht erst auf und dann angelt ihn sich eine andere.«
»Du musst es eben geschickt anstellen.« Marilu gähnt am anderen Ende, na klar, für sie ist das alles einfach. »Zuerst seine Aufmerksamkeit auf dich lenken, und wenn du merkst, dass er anbeißen will, machst du einen Rückzieher.«
»Und darauf, meinst du, steht er?« Ich schüttele den Kopf. »Ich glaube eher, er fühlt sich veräppelt. So würde es mir jedenfalls gehen.«
Meine Zimmertür wird so heftig aufgestoßen, dass ich vor Schreck zusammenzucke und Marilus Antwort an mir vorbeirauscht.

»Rate mal, wer sich hier sonst noch veräppelt fühlt«,

zischt meine Mutter. »Ich zähle jetzt bis drei, dann isst du entweder alleine und kalt oder ich ziehe den Telefonstecker raus.«
»Ich muss jetzt wirklich aufhören«, japse ich in den Hörer. An ihrem Blick sehe ich nur zu deutlich, dass meine Mutter es ernst meint. »Wir sehen uns also morgen früh. Wenn du zuerst am Bus bist, halte mir einen Platz frei!«
»Vergiss dein Allergiespray nicht!«, ruft Marilu. »Ein männermordender Vamp mit roter Triefnase macht sich schlecht!«
Dann legen wir auf.
Beim Essen ist meine Mutter immer noch sauer. Ohne mich anzusehen, füllt sie mir Kartoffeln auf den Teller, gießt viel zu viel Soße drüber, klatscht einen Klacks Gemüse daneben. Das Fleisch suche ich mir alleine aus, während sie meinen Vater bedient.
»Diese Marilu gefällt mir gar nicht«, zetert sie und setzt sich hin. »Gibt es keine anderen netten Mädchen in deiner Klasse? Immer nur dieses Geplapper um Liebe und Jungs. In eurem Alter sollte man sich noch nicht so anbieten.«
»Marilu bietet sich nicht an.« Ich schiebe mir ein Stück Rinderbraten in den Mund, er schmeckt zäh. »Im Gegenteil.«

»Ist auch besser so.« Mein Vater trinkt einen Schluck Rotwein und zwinkert mir über den Tisch hinweg zu. »Wir Kerle sind nämlich Jäger und Sammler, seit der Steinzeit schon. Wir wollen unsere Beute selbst erobern. Stimmt's, Sabine?«
Meine Mutter läuft rot an wie eine Mohnblume. »Die Steinzeit ist ja wohl schon eine Weile her«, stammelt sie. »Heute dürfen auch die Frauen den ersten Schritt machen.«
»Eben hast du das Gegenteil behauptet«, kichere ich.
»Schluss jetzt«, bestimmt meine Mutter. »Hast du auch wirklich alles eingepackt, Josi? Deine Hausschuhe, genügend Handtücher?«
Jäger und Sammler. Beute erobern. Das ist es also, was Marilu meinte. Ob Raoul das genauso sieht?

4. Montag

Am Montagmorgen habe ich Bauchschmerzen vor Aufregung. Beim Frühstück bekomme ich kaum einen Bissen hinunter. Meine Mutter, der nichts entgeht, packt mir ein riesiges Proviantpaket in meinen Rucksack aus Angst, ich könnte verhungern. Kurz darauf müssen wir auch schon los.

Die Hälfte der Klasse ist schon da, als wir vor der Schule ankommen, und auch der Bus steht schon bereit. Der Fahrer wuchtet schwungvoll die Koffer und Reisetaschen in den dafür vorgesehenen Raum, auch ich reiche ihm meinen. Frau Otte steht in Jeans und einer roten Steppweste mit vielen Taschen da und zählt die anwesenden Schüler immer wieder durch. Herr Dietloff, unser dicker Erdkundelehrer, der ebenfalls mitkommt, sieht etwas gelassener aus; er quasselt seelenruhig mit einem Vater. Marilu ist noch nicht in Sicht und auch Raoul kann ich nirgends entdecken, dafür quatscht mich Rose voll. Ein Blick auf die Digitaluhr im Display meines Handys verrät mir, dass es bis zur Abfahrt nur noch zwölf Minuten sind.

»Das Mobiltelefon lässt du aber zu Hause, junges Fräulein«, tönt in diesem Moment die Stimme der Otte hinter meiner Schulter. »Ich dachte eigentlich, ich hätte euch das letzte Woche laut und deutlich gesagt.«
Sofort klappe ich das Handy zu und blicke mich suchend nach meiner Mutter um, die zum Glück noch ein paar Meter weiter hinten steht und mit ein paar anderen Eltern quatscht. Doch als ich zu ihr sprinten will, um es ihr zu geben, schiebt sich Raoul zwischen mich und Frau Otte.
»Das ist eine Schwachsinnsregel«, motzt er unsere Lehrerin an. »Was sollen wir mit dem Handy schon für Verbrechen begehen? Wieso ist es so schlimm, wenn wir unseren Eltern oder Freunden auf der Klassenfahrt ab und zu eine SMS schicken?«
»Darüber haben wir lang und breit gesprochen, lieber Raoul.« Frau Otte rückt ihre Brille zurecht. »Wir fahren nicht in die Rhön, damit ihr den ganzen Tag auf eure Tastaturen einhackt und die Rechnungen in die Höhe treibt. Es muss auch mal ohne gehen. Konzentriert euch lieber aufeinander und seht zu, dass ihr die Klassengemeinschaft ein bisschen in den Griff bekommt.« Sie sieht ihn mit einem warnenden Blick an. »Gerade dir als neuem Schüler sollte das wichtig sein.«

Bei diesen Worten zuckt Raoul richtig zusammen. Auch ich ziehe die Luft ein und will empört etwas erwidern, doch im selben Augenblick bemerke ich, dass Marilu hinzutritt und dicht neben mir stehen bleibt. Hat sie gehört, dass Raoul sich für mich eingesetzt hat? Von der Seite spüre ich ihren Blick auf mir; bestimmt lauert sie, wie ich jetzt reagiere. Auch Raoul sieht mich an. Ich weiß, dass ich zu diesem unfairen Spruch von Frau Otte etwas sagen müsste. Dass sie eine Schrottlehrerin ist, weil sie sein Wiederholen der achten Klasse benutzt, um ihn niederzumachen, statt ihm zu helfen. Ich muss es jetzt sagen, sonst ist der Moment vorbei, aber es wäre das Gegenteil von dem, was Marilu mir geraten hat.
»Jetzt gib dein Handy schon ab, Josi«, reißt sie mich aus meinen Gedanken und zottelt an meinem Jackenärmel herum. »Mach aber schnell, der Fahrer hat eben die Tür vom Bus geöffnet. Wir wollen uns doch die besten Plätze aussuchen!«
Aber dazu kommt es nicht. Als ich endlich hinter den meisten anderen in den Bus klettere, sitzt Marilu bereits auf einem der kotzsicheren Plätze weit vorne und neben ihr am Fenster ausgerechnet Rose, die sich anscheinend auch noch freut. Klar, neben Marilu wollen alle sitzen.

»Die Otte hat mich dazu verdonnert«, flüstert mir Marilu ins Ohr, als ich mich durch den Gang an ihr vorbeischiebe. »So was von ausgekocht! Marilu, du hast doch so eine frische Art«, äfft sie Frau Otte nach, »kümmer dich doch ein bisschen um Rose. Dabei hatten wir doch fest verabredet, dass wir nebeneinander sitzen wollten! Ich könnte . . .!«
Weiter kommt sie nicht, weil hinter mir Ufuk und Darius drängeln und mich weiterschieben. Es sind kaum noch Plätze frei. Dass ich neben dem Einzelgänger Martin oder der arroganten Yvonne sitzen soll, sehe ich nun auch nicht ein.
»Josefine«, höre ich plötzlich eine sanfte, tiefe Stimme von irgendwo her. Ich blicke mich um und glaube zu träumen. Am Fenster in der hintersten Reihe sitzt Raoul und klopft mit den Fingerknöcheln auf den Platz neben sich. Blitzartig wende ich meinen Kopf in alle Richtungen, um mich zu vergewissern, ob er nicht jemand anderes meint, aber ich bin nun mal die einzige Josefine in der 8c.
Während der Fahrer schon den Motor anlässt und den Bus wendet, schaue ich verstohlen zu Marilu, doch sie ist bereits in ein Gespräch mit Rose verwickelt und scheint nichts bemerkt zu haben.

Dennoch befürchte ich fast, sie könnte mein Herz bis

zu ihr wummern hören, als ich mich schließlich zögernd in den Sitz neben Raoul sinken lasse. Weder er noch ich sagen etwas, während der Bus sich schwerfällig durch den Stadtverkehr kämpft. Doch etwas später auf der Autobahn, nachdem wir eine Zeit lang die blühenden Rapsfelder an uns vorüberziehen lassen haben, fischt er einen winzigen MP3-Player aus seinem Rucksack und stöpselt sich die Ohrhörer ein.

»Ich hab was Neues von meiner Band«, sagt er und reicht mir ein zweites Paar. »Wir haben es auch schon an ein Label geschickt. Willst du mal hören?«, und schon drückt er die Play-Taste.

Gleich die allerersten Klänge tragen mich fort in eine andere Welt. Die Stimme des Sängers, für den Marilu so schwärmte, vermischt sich mit Raouls Trommelschlägen und den anderen Instrumenten, alles zusammen dringt bis in mein Innerstes. Es erscheint mir, als würden wir nicht auf Klassenreise fahren, sondern durch ein Zauberland gondeln. Der Song ist langsam und rockig, leidenschaftlich, der Gesang verzweifelt und voller Sehnsucht. Ich schaue verstohlen zu Raoul und erschrecke beinahe, als ich direkt in seinen Blick eintauche. Es ist, als würden wir uns verstehen, ohne zu reden, als wäre seine Musik unsere gemeinsame Sprache. Schneller als er schaue ich wieder weg und nach vorne, zurück ins Geschehen, zu unserer Klasse, zu Frau Otte. Und zu Marilu.

Marilu kniet inzwischen rücklings auf ihrem Sitz und albert mit Lale und Jennifer herum, während Rose sich offensichtlich in ein dickes Buch vertieft hat. Einen kleinen Stich spüre ich schon, als ich sehe, wie gut sich Marilu ohne mich amüsiert. Aber sie ist eben nicht nur bei den Jungen beliebt – auch unter den Mädchen unserer Klasse ist sie diejenige, nach der sich alle richten. Wenn Marilu eine neue Jeans anhat – am nächsten Tag tragen mindestens zwei andere Mädchen die gleiche. Findet sie im Sommer Flipflops mit Strassbesatz cool – schon rennen die Mädchen den Schuhgeschäften die Tür danach ein. Hat sie eine neue Sängerin »entdeckt«, wird diese zum Trendstar der Klasse. Auch jetzt sehe ich es Jennifer und Lale genau an, dass sie sich begeistert in Marilus Glanz sonnen. Laut kreischend, lachen sie über jeden ihrer Witze, imitieren die Art, wie sie ihre Haare über den Kopf nach vorn und dann schwungvoll nach hinten wirft, heften ihre Augen auf sie, wenn sie erzählt. Ich brauche mir keine Sorgen zu machen, Marilu könnte mich vermissen.

»Wie findest du den letzten Song?«, fragt mich Raoul und drückt irgendeine Taste auf seinem Gerät.
»Geht richtig unter die Haut«, antworte ich, ohne Marilu und ihren Fanklub aus den Augen zu lassen.
»Du trommelst, als hinge dein Leben davon ab.«
»Das tut es auch«, bestätigt er erstaunt, ich fühle seine Augen auf mir ruhen. »Nächsten Monat haben wir einen wichtigen Wettbewerb, die Siegerband bekommt einen Plattenvertrag mit einem richtig bekannten Produzenten.«
»Ehrlich? Das ist ja galaktisch!« Jetzt reiße ich mich doch los und strahle Raoul an. »Ihr müsst unbedingt gewinnen! Kann man da zum Zuschauen kommen?«
»Das wäre phantastisch!« Raoul strahlt mich an, mir fällt auf, dass ich ihn so noch nie gesehen habe. Sonst wirkt er immer so ernst. Er beugt sich sogar etwas dichter zu mir herüber, sodass sein Ellbogen ganz sachte meinen Arm berührt. »Wir brauchen unbedingt ein paar Leute, die uns anfeuern! Kannst du noch jemanden mitbringen?«
»Na klar! Nachher sage ich gleich Marilu Bescheid, was meinst du, wen die noch alles zusammentrommelt!« Dabei sehe ich erneut zu ihr hin, Raoul bedankt sich überschwänglich, legt seine Hand auf meine und genau in diesem Moment blickt

Marilu auf und sieht genau zu uns hin. Ihr selbstsicheres Lachen gefriert zu einer Maske und ihre Augen starren uns an, als wären sie aus Glas. Rose reißt sich von ihrem Buch los. Mit besorgtem Blick beugt sie sich zu ihr hinüber und fragt, was los sei.

Ein paar Stunden später in der Jugendherberge ist sie noch immer nicht wieder aufgetaut. Frau Otte hat uns mit Rose zusammen in ein Zimmer gesteckt, außerdem wohnen noch Julia, Lale und Jennifer mit in unserem Zimmer. Die ganze Zeit, während wir unsere Betten beziehen und unsere Sachen in die Schränke räumen, sieht Marilu mich nicht ein einziges Mal an. Ab und zu versuche ich ihren Blick aufzufangen. Als ihr ein zusammengerolltes Paar Socken herunterfällt, hebe ich es schnell auf und lächle sie an, doch Marilu nimmt es und redet einfach weiter mit den anderen, als wäre ich gar nicht da.
»Was machen wir jetzt?«, fragt Lale, als wir uns schließlich alle häuslich eingerichtet haben und eine nach der anderen sich aufs Bett setzt, ein bisschen ratlos, ein bisschen neugierig, ein bisschen erschöpft.

»Das Fenster auf«, meint Marilu trocken und streift

mich mit ihrem Blick haarscharf. »Hier drinnen stinkt es.«
»Finde ich nicht«, entgegnet Rose, holt das Buch, das sie im Bus gelesen hat, aus ihrer großen Umhängetasche und legt es aufs Kopfkissen. Sie kapiert nicht, was Marilu meint. Aber ich kapiere es.
Marilu reißt das Fenster auf, milde und dennoch erfrischende Abendluft strömt zu uns herein. Sofort spüre ich, wie meine Augen anfangen zu brennen, und hole aus dem Duschraum mein Allergiespray. Nachdem ich es eingeatmet habe, geht es mir besser.
Frau Otte steckt den Kopf herein, lässt ihre Augen durch unser Zimmer wandern und nickt zufrieden, »Freizeit bis zum Abendbrot«, verkündet sie. »Geht euch die Gegend ansehen und seid bitte um 19 Uhr zurück. Nach dem Essen schreiben alle Tagebuch, also merkt euch gut, was ihr seht!«
Marilu schlüpft in ihre Sneakers und hängt sich einen rosa Pulli um die Schultern. Die anderen tun es ihr gleich.
»Wartet mal«, protestiere ich und atme vorsichtshalber noch etwas von dem wohltuenden Sprühnebel ein. »Ich bin noch nicht fertig!«
Aber Marilu wartet nicht. Als hätte sie nichts gehört, eilt sie aus der Tür und die anderen hinterher. Nur

Rose bleibt im Türrahmen stehen und blickt sich nach mir um, doch irgendeine Hand greift nach ihrem Arm und zieht sie weiter.
»Lass sie«, höre ich Marilus Stimme durch die offene Tür. »Soll sie doch zu ihrem Raoul gehen und sich an seinen Hals schmeißen. Sie wird ja sehen, was sie davon hat.«
Und während ich auf meinem Bett sitzen bleibe und es einfach nicht glauben kann, höre ich zu, wie die Schritte auf dem Flur und das Kichern meiner Zimmernachbarinnen leiser werden und schließlich ganz verebben.

5. Dienstag

»Was ist denn mit dir und Marilu los?«, fragt mich Rose, als wir gemeinsam am darauf folgenden Tag zu zweit das Geschirr vom Mittagessen abräumen. Außer uns haben noch Niklas und Birol Tischdienst, zum Glück sind sie gerade außer Hörweite. »Ihr habt doch sonst immer zusammengesteckt und jetzt auf der Klassenfahrt macht sie alles ohne dich. Habt ihr euch gestritten?«
Das fragt die Richtige, denke ich, doch ehe ich losfauche, überlege ich noch einmal. Rose hat sich noch nie besonders für den Zickenalarm der Mädchen untereinander interessiert. Seit sie gestern im Bus aber neben Marilu gesessen hat, ist sie ihr kaum von der Seite gewichen und deshalb glaube ich ihr nicht, dass sie keine Ahnung hat. Vermutlich weiß sie sogar mehr als ich, denn ich habe mir die halbe Nacht lang das Hirn darüber zermartert, weshalb Marilu mich plötzlich schneidet. Ich habe nichts getan, was sie hätte kränken können, außer im Bus mit Raoul über seine Musik zu quatschen. Dass ich in ihn verliebt bin,

ist für Marilu kein Geheimnis. Eigentlich hätte ich gedacht, sie würde sich für mich freuen, wenn es mir gelingt, ihm etwas näher zu kommen.
»Gestritten? Überhaupt nicht«, antworte ich also. »Wir müssen ja nicht ständig zusammenhocken.«
»Aber gestern Abend sind wir zu fünft losgegangen, das ganze Zimmer.« Rose lässt nicht locker. »Du bist als Einzige nicht mitgekommen. In der Gruppe wäre es doch kein Zusammenhocken gewesen.«
Ich zucke mit den Schultern und schiebe Essensreste von einem abgegessenen Teller in den dafür vorgesehenen Eimer, zerdrückte Kartoffeln mit brauner Soße, den Fettrand vom Wiener Schnitzel, ein paar Erbsen.
»Du kannst es ja in dein Tagebuch schreiben«, sage ich schließlich. Das zusammengeschüttete Essen in dem Eimer sieht so eklig aus, dass ich beinahe fasziniert hineinstarre. »Mach dir um mich keine Sorgen, ich komme schon zurecht.«
Um zu verdeutlichen, dass sie mich nicht länger auszuhorchen braucht, arbeite ich nun in doppeltem Tempo, stapele Teller aufeinander und stelle sie auf den Geschirrwagen, schmeiße die Bestecke scheppernd in einen Korb, wische die Tische mit einem nassen Lappen ab und erneuere das Wasser,

als es trübe geworden ist, rücke die Stühle zurecht. Als ich so gut wie fertig bin, stapelt Rose noch immer die Teetassen zu lauter gleich hohen Türmchen. Birol und Niklas bewerfen sich im hinteren Teil des Speisesaals mit Brotresten, doch als Herr Dietloff hereinkommt, bekommen sie rote Ohren und hören schnell auf. Ich denke an Raoul und verschwinde, so schnell ich kann.

Am Nachmittag regnet es und Frau Otte verdonnert uns zu einem Museumsbesuch im Nachbarort. Mir ist das ganz recht, denn bei Regen quält mich der Heuschnupfen weniger und im Museum werde ich ganz davon verschont bleiben. Es überrascht mich nicht, dass Marilu in ihrer modischen Regenjacke gleich wieder umschwärmt ist wie ein Brombeerstrauch von einem kompletten Hummelvolk, doch ich halte mich etwas abseits und versuche mich nicht daran zu stören. Raoul geht immer in meiner Nähe, ab und zu spüre ich seinen Blick von hinten oder von der Seite auf mir ruhen, bis er schließlich, genau wie Rose fragt, ob ich Zoff mit Marilu hätte. Ich jedoch antworte nur knapp und weiche aus – ich will nicht die ganze Klasse hineinziehen und am allerwenigsten ihn.

Nachdem wir ein paar Schritte schweigend nebeneinander gegangen sind, zieht er ab und kurz darauf höre ich ihn hinter mir mit Herrn Dietloff über London reden, vielleicht ist Raoul dort schon mal aufgetreten. Wenn seine Band den Wettbewerb gewinnt und eine CD aufnimmt, muss ich sie unbedingt kaufen.
Während wir im Museumsgebäude durch die Gänge schleichen, versuche ich jedoch mich sooft es geht bei Marilu aufzuhalten. Ich will ihr zeigen, dass ich sie mag und dass doch gar nichts passiert ist, was dieses seltsame Schweigen zwischen uns begründen würde. Vielleicht hatte sie gestern auch irgendeinen ganz anderen Kummer, von dem sie mir nur nichts erzählen konnte, solange all die anderen um sie herum waren. Rose braucht nicht zu denken, Marilu sei nun gleich **ihre** Freundin, nur weil es zwischen uns mal eine kleine Unstimmigkeit gibt.
Immer wieder spreche ich Marilu unverfänglich an, gebe witzige Kommentare zu der Ausstellung ab, biete ihr ein Bonbon an, als sie von der trockenen Luft im Museum einen Hustenanfall bekommt, und mache ihr ein Kompliment über ihre frisch gewaschenen Haare.

»Die glänzen so toll«, bemerke ich beinahe

schüchtern und streiche mit dem Zeigefinger ganz sachte über eine ihrer Locken. »Hast du da irgendwas reingetan, ein Spitzenfluid oder so?«
Marilu zuckt mit den Achseln und blickt sich um, als suche sie jemanden.
»Ich habe es Lale geliehen«, antwortet sie, »und Rose will es danach haben. Hinterher wird es leer sein.« Dann eilt sie zurück zu den anderen.
Plötzlich spüre ich, dass jemand dicht hinter mir steht; als ich mich umwende, blicke ich in Raouls Augen. Er sieht genervt aus und ich begreife sofort, dass er viel lieber ganz woanders wäre als hier in diesem Museum zwischen lauter Gegenständen vergangener Jahrhunderte, die nicht das Geringste mit seinen eigenen Plänen und Träumen zu tun haben. Mir geht es ähnlich, zumindest würde ich alles dafür geben, um jetzt abhauen zu können, weg von dieser öden Langeweile, von dieser verlogenen Klasse und von Marilu. Vor zwei Tagen war sie noch meine allerbeste Freundin, mit der ich shoppen gehen und über alles reden konnte, was mich bewegt. Im Moment weiß ich kaum, ob ich sie überhaupt noch meine Freundin nennen könnte.
Raoul und ich scheinen hier so etwas zu sein wie die einsamen Wölfe, die irgendwie mitgeschleift werden,

am Rand des Rudels und doch von ihm abhängig. Wir haben keine Möglichkeit, uns abzuseilen. Ich weiß genau, dass er absichtlich zu mir gekommen ist und nicht, weil er gerade dieselbe Porzellanfigur betrachten wollte wie ich. Als ich mich losreißen will von dem Glaskasten, vor dem wir stehen, höre ich, wie er die Luft einzieht, als wolle er etwas sagen. Abwartend sehe ich ihn an.
»Josi«, beginnt er, »hast du . . .«, doch ehe er seinen Satz weiterführen kann, eilt plötzlich Rose auf uns zu und streift mich im Vorbeigehen. Unwillkürlich trete ich einen Schritt zurück und wende meinen Blick von Raoul ab, im selben Moment fühle ich, dass mich Marilus Augen fixieren wie zwei Laserpointer.
Und plötzlich weiß ich, was sie neuerdings so an mir stört. Bisher habe ich Raoul wohl viel zu deutlich gezeigt, dass ich auf ihn stehe, habe genau das Gegenteil von dem getan, was mir Marilu geraten hat, nämlich ihm die kalte Schulter zu zeigen, ihn ein bisschen zappeln zu lassen. Als er mir den Sitzplatz neben sich im Bus angeboten hat, habe ich mich sofort neben ihn gehockt. Seine Musik, die er mir vorgespielt hat, habe ich so begeistert gelobt, als wäre er Robbie Williams höchstpersönlich. Und jetzt, wo er erneut sein gewichtiges Wort an mich richten

will, spitze ich die Ohren wie ein Hündchen zu Füßen seines Herrn. Ich weiß genau, was Marilu denkt. Wie soll mich Raoul interessant finden, wenn ich es ihm so leicht mache?
»Warte mal kurz«, bringe ich hastig hervor, »Jennifer hat mich vorhin nach einem Taschentuch gefragt, das hatte ich ganz vergessen. Bin gleich wieder da.«
Ohne darauf zu achten, ob ich jemanden anrempele, versuche ich mir einen Weg durch die Menge zu bahnen. Ich schaue nicht zurück, obwohl ich ahne, dass Raoul verwirrt zurückbleibt und meine seltsame Reaktion nicht begreifen kann. Aber soll er ruhig verwirrt sein. Ich muss zu Marilu und ihr zeigen, dass mir ihr Rat und ihre Meinung wichtig sind. Dass ich auf sie höre. Dass ich sie nicht hängen lasse wegen eines Jungen.
Frau Otte führt uns bereits in den nächsten Raum, ich bewege mich immer dichter an Marilu heran, doch als ich sie endlich erreicht habe, hakt sie sich bei Rose unter und zieht sie mit sich.
»Marilu«, rufe ich leise, »bleib doch mal stehen!«
»Hast du was gehört?«, fragt Marilu Rose im Vorbeigehen, ohne mich anzusehen. »Da war so eine komische Stimme, aber gesehen habe ich nur Luft.«
»Ich habe nichts gehört«, erwidert Rose kichernd und

packt Marilus Arm fester, im Halbprofil sehe ich, wie sie strahlt, während sie sich mit raschen Schritten immer weiter entfernen. »Vielleicht war es der Wind, der dahinten durch das kleine Kippfenster pfeift.«
»Wo ist überhaupt Josefine?«, fragt Jennifer, die sich in diesem Moment zu den beiden gesellt hat.
»Komisch ist es schon, dass sie sich in letzter Zeit so absondert.«
»Die habe ich heute nur von hinten gesehen«, berichtet Marilu überlaut. »Ist euch schon mal aufgefallen, wie sie läuft? Von hinten sieht das total komisch aus«, und dann zieht sie ihre Hand aus Roses Arm, geht ein paar Schritte vor und wackelt dabei mit dem Hintern wie eine gemästete Pute. Jennifer und Rose biegen sich vor Lachen. Mir ist plötzlich so heiß, ich drehe mich um und will in die andere Richtung rennen, nur weg hier, die Jugendherberge finde ich schon allein, und wenn ich stundenlang im Regen die finstere Landstraße entlangrenne. Dann werde ich gleich zu Hause anrufen und morgen lasse ich mich abholen.
»Halt, halt, mein Fräulein«, dringt Frau Ottes Stimme an mein Ohr. »Ich kann mich nicht daran erinnern, dass du das Biedermeierzimmer schon gesehen hast. Wohin so eilig?«

Diese Frau bekommt nichts mit, überhaupt nichts. Hier geht der mieseste Zickenalarm ab, aber sie redet nichts ahnend von Rokoko und Antiquitäten, als gäbe es nichts Wichtigeres auf der Welt. Und wir sollen hier auf der Fahrt die Klassengemeinschaft stärken.
»Ich muss zur Toilette«, fauche ich und winde mich aus ihrem Griff. »Ist das jetzt auch schon verboten?«
»Ach so, natürlich nicht.« Frau Otte tritt einen Schritt zurück. »Die WCs sind wohl dort hinten links. Beeil dich aber, wir gehen gleich raus.«
Neben der Tür zur Toilette ist noch eine zweite Tür; als ich sie öffne, bin ich gleich auf der Straße, es scheint der Notausgang zu sein. Draußen fange ich an zu heulen, lasse die Tränen einfach laufen, schniefe und wimmere, bis ich von innen ganz leer bin. Am liebsten würde ich wirklich abhauen, aber da Frau Otte mit unserer Klasse keine hundert Meter geht, ohne uns durchzuzählen, gäbe das sicher einen Riesenärger. Mich von meinen Eltern abholen zu lassen ist auch Quatsch. Auch wenn Marilu mich weiter mobbt, ist es wohl besser, ich gehe wieder rein.

6. Mittwoch

Im Speisesaal verkündet Herr Dietloff nach dem Frühstück den Tagesplan. Heute scheinen er und Frau Otte doch einen guten Tag erwischt zu haben; wir dürfen ins nahe gelegene Hallenbad zum Schwimmen gehen. Mittendrin jedoch, während die ganze Klasse noch zuhört, ertönt der sehr durchdringende Klingelton eines Handys. Während zuvor noch überall im Raum leises Gemurmel zu hören gewesen war, verstummen jetzt auf einen Schlag sämtliche Stimmen.

Herr Dietloff lässt seinen Blick über die Klasse schweifen wie ein Adler im Flug auf der Suche nach Beute. Auch von uns blicken sich alle um, um herauszufinden, wer von uns ein Handy dabeihat, obwohl es ausdrücklich nicht erlaubt ist. Mich überrascht es nicht, dass es Raoul ist, der vollkommen gelassen sein Telefon aus der Hosentasche zieht und mit lässigen Schritten den Speisesaal verlässt, um in Ruhe zu telefonieren. Niemand ist im Raum, der ihm nicht voller

Bewunderung nachsieht, die Jungs neidvoll, die Mädchen mit anhimmelnden Blicken. Geräuschlos schließt Raoul die Tür von draußen, ganz leise höre ich noch seine Stimme, als er den Anruf entgegennimmt.
»Moment mal, junger Mann.« Dietloff verlässt seinen Platz neben Frau Otte und durchmisst den Saal mit langen, energischen Schritten. »Diese Unverschämtheit lassen wir uns nicht bieten.« Beinahe krachend stößt er die Tür wieder auf. Draußen redet Raoul, seine Stimme klingt aufgeregt, doch nun erkenne ich an Dietloffs Bewegungen, dass er ihm das Handy entreißt, Raoul protestiert, doch schon ist dieser Mistpauker wieder drin, das Telefon hält er in der Hand wie eine Siegestrophäe.
»Das wird Folgen haben«, knurrt er und eilt zurück zu Frau Otte. »Sich einfach so den Anordnungen zu widersetzen. Nicht zu fassen! Ich rufe die Eltern an!«
»Wird Raoul nach Hause geschickt?«, fragt Marilu. Noch immer halten alle gespannt den Atem an.
»Geht nach draußen aufs Gelände«, ordnet Frau Otte an Stelle einer Antwort an. »Raoul, du bleibst bitte hier.«
Ich bin als eine der Ersten an der Tür, ganz dicht muss ich an Raoul vorbei, der sich mit genervtem Blick an mir vorbeischiebt.

»Ich drück dir die Daumen«, sage ich leise und streife unauffällig seinen Arm. »War es ein wichtiger Anruf?«
»Ich Blödmann habe vergessen den Ton auszuschalten«, knurrt Raoul. »Es war unser Gitarrist. Er sagte, dass unser Texter einen Unfall mit dem Moped hatte und ins Krankenhaus musste. Es geht ihm beschissen. Außerdem kann er den Songtext für den Wettbewerb nicht schreiben.«
»Muss er das denn?«, frage ich. »Ihr habt doch schon ein tolles Repertoire!«
»Raoul!«, tönt die Stimme von Frau Otte aus dem Saal.
»Der Song, den wir einreichen, muss ganz neu sein«, klärt er mich unbeirrt auf, während ich mich nervös umschaue, Marilu und ihre Gefolgschaft kommen näher, ich will nicht, dass sie uns miteinander reden hört, sonst erlebe ich hier die Hölle. »Die Demo-CD müssen wir am 31. einreichen. Das bedeutet, ich muss den Text schreiben. Von den anderen traut sich das keiner zu.«
»Wie schnell?«
»Jetzt«, antwortet er knapp; Herr Dietloff kommt schon wieder angestürmt, es scheint ein richtiges Tribunal zu werden. »Auf dieser Klassenfahrt. Wenn wir zurückkommen, muss ich gleich in den Probenraum und ins Studio. Ich weiß gar nicht, wie ich das schaffen soll!

Noch dazu, wo ich ohne mein Handy für niemanden aus der Band erreichbar bin! Für irgendwelche Museen, Schwimmbäder und all diesen Kinderkram habe ich überhaupt keinen Kopf. Verstehst du?«
Er hat den Satz kaum zu Ende gesprochen, da ist Dietloff schon wieder neben ihm und zieht ihn fort von mir, gleichzeitig schieben sich die anderen aus der Klasse durch die Tür. Ich überlege, wohin ich gehen soll. Ins Zimmer kann ich nicht wegen Marilu. Auf dem Gelände wäre ich wahrscheinlich ebenfalls allein, in den Ort gehen dürfen wir nicht, weil wir gleich zum Schwimmbad fahren. Gerade als ich mich entschließe, es doch im Zimmer zu versuchen, berührt mich jemand von hinten am Rücken. Erschrocken fahre ich zusammen, drehe ich mich um und blicke in Marilus Gesicht.
»Dieser Dietloff!«, stößt sie hervor und sieht mir in die Augen. Vergeblich suche ich in ihren Pupillen nach einer Spur von Falschheit, von dem, was sie mir angetan hat, seitdem sie mich neben Raoul im Bus gesehen hat. Sie sieht aus wie immer, als wäre überhaupt nichts Außergewöhnliches zwischen uns passiert, seitdem wir uns am Samstag in der Fußgängerzone getrennt haben. »Erst macht er bei Raoul einen auf kameradschaftlich und jetzt das.«

Vielleicht habe ich mir ihre Gemeinheiten nur eingebildet, bin überempfindlich, weil mich das, was ich für Raoul empfinde, so durcheinander bringt.
»Es wird schon gut gehen«, sage ich. »Die Otte wird ihn nicht abholen lassen. Sie will ihn doch immer integrieren, weil er neu bei uns ist.«
»Hat er dir erzählt, was für ein Anruf das war?« Marilu wippt auf den Zehen vor gezügelter Neugier. Rose und Jennifer treten zu uns. Mir bleibt vor Erstaunen der Mund offen stehen. Dass ich jetzt so unverhofft im Mittelpunkt ihres Interesses stehe, hätte ich nicht gedacht. Vielleicht wird alles wieder gut.
»Ich weiß nicht, ob es Raoul recht ist, wenn ich mit anderen darüber rede«, erwidere ich zögernd.
»Dann lass es«, meint Marilu achselzuckend und hakt sich bereits bei den beiden anderen Mädchen unter. »Fragen wir ihn eben nachher selbst. Mir hat er sowieso schon ganz andere Sachen erzählt.«
Eine kleine Niesattacke überkommt mich, es wird Zeit, dass ich mein Spray nehme. Wahrscheinlich hat Marilu gestern mit Raoul gesprochen, als ich im Museum auf dem Klo war, oder irgendwann abends. Dann kann ich es ihr genauso gut verraten. Vielleicht hat sie eine Idee, wie wir ihm helfen können, und hört auf mich zu piesacken.

Also berichte ich schnell von dem geplanten Bandwettbewerb und von Raouls Problemen mit dem Songtext dafür.
»Einen Wettbewerb?«, wiederholt Marilu viel zu laut, am liebsten würde ich ihr den Mund zuhalten. »Also texten kann ich bestimmt! Und ich habe noch eine Idee: Vielleicht können wir eine coole Choreografie einstudieren und mit ihm zusammen auftreten, um seine Band zu unterstützen! Mit Tänzerinnen im Hintergrund wirkt das alles noch viel professioneller als wenn nur die Musiker auf der Bühne stehen!« Sie überlegt einen Augenblick lang. »Ich kann euch einen Tanz beibringen, den ich in meiner Gymnastikgruppe gelernt habe. Er ist ganz einfach und kommt total gut rüber. Macht ihr mit?« Sie sieht uns alle drei nacheinander an, auch mich. Jennifer strahlt und nickt begeistert, Rose hingegen schaut etwas skeptisch.
»Du musst doch erst mal Raoul fragen«, gibt sie zu bedenken. »Ob er überhaupt eine Mädchentanzgruppe dabeihaben will.«
»Ich glaube, ihm ist das im Moment ziemlich schnuppe«, überlege auch ich laut. »Sich jetzt auf die Schnelle einen guten Text ausdenken zu müssen ist schon hart genug für ihn.«
»Dann frage ich eben Julia und Lale.« Marilu lässt

Jennifer und Rose los und wendet sich zum Gehen. »Die stellen sich bestimmt nicht so an. Und dass Raoul mir das abschlagen würde – das glaubt ihr ja wohl selbst nicht. Du kannst ja stattdessen in deinem Buch weiterlesen, Rose. Oder Tagebuch schreiben.«
Ganz kurz sehen Rose und Jennifer mich an, dann blicken sie verzweifelt hinter Marilu her, die sich schon ein paar Schritte von uns entfernt hat.
»Wir können es ja versuchen«, schlägt Jennifer eilig vor.
»Also gut«, stimmt auch Rose ein. »Ich bin dabei.«
»Und du, Josi?« Marilu bleibt stehen, dreht sich um und sieht mich abwartend an, beinahe bittend. »Machst du auch mit? Vielleicht können wir schon einen Tanz beim Discoabend vor der Abreise vorführen! Raoul wird Augen machen und die anderen Jungs auch!«

Kein Mensch kann sich vorstellen, wie erleichtert ich bin, als wir alle gemeinsam nach dem Schwimmen die Möbel in unserem Zimmer zur Seite räumen, um möglichst viel Platz zum Tanzen zu haben. Ich bin doppelt froh: Zum einen, weil Raoul bleiben darf – er hat »nur« sein Handy abgeben müssen – und Frau Otte rief seine Eltern an, um irgendeine Strafe anzukündigen. Zum anderen, weil endlich wieder alles so zu sein scheint wie früher. Marilu hat einen ganzen Stapel CDs mitgebracht und schon bald haben wir uns auf einen Song geeinigt, den wir einstudieren wollen. Bei der Wahl haben alle auf mich gehört, sogar Marilu, weil ich die neuesten Songs von Raouls Band schon gehört habe. Unsere Tänze sollen ja dazu passen.

Jetzt bei der Choreografie ist jedoch wieder Marilu die Chefin. Immer wieder tanzt sie uns die Schritte vor, die wir lernen müssen, lässt sie uns wiederholen, bis alles sitzt, achtet darauf, dass wir uns vollkommen synchron bewegen, damit es perfekt aussieht. Im vierten Durchgang steigert sie das Tempo. Ich muss aufpassen, dass ich alles hinkriege, denn es ist nicht einfach, immer an Arme und Beine zu denken und gleichzeitig auf die Musik und auf die anderen Tänzerinnen zu achten. Aber es macht Spaß und mit der Zeit werde ich lockerer. Vielleicht, so denke ich, würde es Raoul tatsächlich gefallen, wenn wir ihn bei seinem Auftritt auf diese Art unterstützen.

»Verdammt, Josi, schalte doch mal dieses maskenhafte Grinsen ab!«, zischt Marilu plötzlich von der Seite und hält den CD-Player an. »Achte lieber auf deine Füße, statt zu träumen, du musst bei ›. . . need your love . . .‹ nach links treten und nicht nach vorn, kapier das doch endlich!«

»Entschuldige«, sage ich und versuche mich zu konzentrieren. Nach links statt nach vorn, alles klar. Ich schaue einfach, wie Lale das macht, die neben mir tanzt. Als Türkin ist sie viel begabter als wir anderen Mädchen. So wie sie ihre Hüften kreisen zu lassen – das schafft nicht mal Marilu.
»So ist es gut!«, ruft Marilu. »Eins, zwei, Step nach vorn, drei, vier, jetzt parallel zum Boden die Hände vor die Augen mit den Handflächen nach vorn, erst die rechte wegziehen, dann die linke. Gut, Jenny! – Oh nein«, sie unterbricht erneut, »Josi, so sieht es behämmert aus. Du musst ein bisschen Körperspannung reinkriegen, tanz nicht so schlaff, Mensch!« Sie löst sich aus ihrer Reihe, tritt nach vorn und schlenkert wild mit den Armen in der Luft herum. »So sieht das bei dir aus, ehrlich! Oder?« Sie schüttelt den Kopf und blickt die anderen an. »Täusche ich mich?«
Julia und Jennifer sagen nichts. Lale und Rose versuchen ihr Kichern zu verbergen, aber ich sehe ganz genau, wie ihre Schultern beben.
»Das kann ja was werden«, stöhnt Marilu und geht wieder zum CD-Player. »Also los, alles noch mal von vorne.«
Ich fürchte eher, es wird nichts.

7. Donnerstag

Beim Frühstück kommt Raoul mit einer Schüssel Cornflakes vom Buffet angeschlurft, grummelt einen kurzen Gruß und setzt sich neben mich. Marilu ist noch oben in unserem Zimmer und stylt sich auf. Rose ist auch noch nicht da, wahrscheinlich liegt sie noch im Bett und liest oder sie bewundert Marilu und macht ihr Komplimente. Sofort beginnt mein Herz wild zu schlagen, fieberhaft überlege ich, was ich sagen könnte, irgendetwas Geistreiches, das ihm gefällt. Doch an dem ganz kurzen Blick, mit dem er mich streift, erkenne ich, dass es ihm immer noch beschissen geht. Kein Wunder. Endlich passiert mal etwas, das wirklich wichtig für ihn ist, und dann das. Wortlos schiebe ich die Zuckerdose zu ihm rüber, doch nicht einmal daraufhin lächelt er. Mit finsterer Miene verteilt er zwei Teelöffel Zucker über seiner Portion und beginnt zu löffeln. Seine blonde Rockermähne fällt ihm tief ins Gesicht, als er sich über die Schüssel beugt. Mein Blick bleibt an seinem Handgelenk mit dem schmuddeligen, ausgefransten

Freundschaftsband hängen, ich beobachte, wie sich seine Sehnen und Adern bewegen, während er die Cornflakes in sich hineinschaufelt. Sogar das sieht bei ihm toll aus.

Plötzlich jedoch steht Marilu mit ihrem Frühstücksteller neben mir, ich spüre ihren Blick von der Seite.

»Ich dachte, du hältst mir einen Platz frei«, sagt sie. Der leise Vorwurf in ihrer Stimme ist nicht zu überhören.

»Hier ist doch noch ein leerer Stuhl.« Ich deute auf den Platz gegenüber von mir. »Außerdem dachte ich, du willst sowieso nicht neben mir sitzen.«

Marilu zuckt mit den Schultern. Raoul wirft uns einen kurzen, fragenden Blick zu, dann löffelt er weiter seine Cornflakes, während Marilu stumm ihr Brötchen bestreicht. Kurz darauf kommt Birol und versucht sie in ein Gespräch über irgendeine Disco zu verwickeln, in der er kürzlich mal gewesen ist. Marilu jedoch antwortet kaum. Eine Weile essen wir alle schweigend und ich habe das Gefühl, wenn man jetzt ein Streichholz über unserem Tisch anzünden würde, explodierte die Luft.

Plötzlich jedoch atmet Marilu tief durch, schiebt mit einem Ruck ihren Stuhl zurück und steht auf.

»Soll ich dir noch einen Tee holen, Josi?«, fragt sie mich und deutet auf meine leer getrunkene Tasse. Verwundert blicke ich ihr nach, als sie zum Buffet geht. Aus einer großen Kanne gießt sie Pfefferminztee in meine Tasse und tut ein Stück Würfelzucker hinein, genau wie ich es mag. Dann kommt sie zurück, stellt den Tee vor meine Nase und rührt sogar für mich um. Dabei lächelt sie mich an, ganz anders als gestern noch, fast wie früher.
»Vielen Dank.« Meine Stimme klingt wie die einer Fremden, als ich Marilus Lächeln erwidere und versuche mich zu entspannen. Ich will keinen Krach mit ihr, nicht wegen solchem Mist wie ein paar falschen Tanzschritten und schon gar nicht wegen eines Jungen. Und im Moment scheint es so, als habe sie nachgedacht und wolle dies auch nicht. Vorsichtig stellen wir unsere Stimmen wieder auf heiter. Was Birol von dieser Disco erzählt, klingt gar nicht so übel.
Doch als wir alle auf Frau Ottes Anweisung nach dem Frühstück hinüber zum Aufenthaltsraum gehen, bin ich total verkrampft. Ich habe das Gefühl, als könnte ich überhaupt nicht mehr normal gehen. Es ist, als beobachte ich mich selber bei jedem Schritt, jeder Bewegung. Immerzu überlege ich, ob das jetzt

komisch aussieht, ob ich wirklich so mit dem Hintern wackle, so peinlich mit den Armen schlenkere, so idiotisch von hinten aussehe, wie Marilu gesagt hat. Ob Raoul insgeheim auch so über mich denkt wie Marilu? Den ganzen Morgen hat er mich nicht mehr angesehen. Statt in den Aufenthaltsraum stürmt er gleich zurück in sein Zimmer, knallt die Tür zu und brütet wahrscheinlich wieder über seinem Songtext. Als er den Speisesaal verließ, habe ich beobachtet, wie er einen zerknüllten Zettel in den Mülleimer warf. Sobald ich sicher war, dass mich niemand beobachtete, fischte ich ihn wieder heraus und strich ihn glatt. Wie ich erwartet habe, sind darauf ein paar auf Englisch geschriebene Zeilen, manche davon reimen sich, es geht darin um eine unglückliche Liebe. Mir ist schleierhaft, warum er den Zettel weggeworfen hat. Was er geschrieben hat, finde ich wunderschön. Genau wie damals seine zerbrochenen Drumsticks behalte ich auch dieses Stück Papier, damit ich etwas von Raoul bei mir habe. Es ist dann für mich so, als wäre er mir dadurch näher.
Ich möchte so gern hingehen und ihm helfen, ihn vielleicht ein bisschen aufheitern. Aber da renne ich heute bestimmt gegen Beton, ich laufe ja selber herum wie ein Trauerkloß. Was soll ich da schon für ihn tun?

Frau Otte, die als Letzte in den Aufenthaltsraum gekommen ist, schließt die Tür hinter sich und lässt ihren Blick durch den Raum schweifen. Ihre Lippen bewegen sich tonlos, während sie nachzählt, ob wir vollzählig sind. Vollzählig zum Wandern, super.
»Raoul Wildner fehlt«, stellt sie fest, »das hätte ich mir ja denken können. Weiß jemand, wo er steckt?«
Marilu, Rose, Niklas und ich melden uns. Mir entgeht nicht, dass Marilu ihren freundlichsten Blick aufsetzt und unserer Lehrerin ein Lächeln schenkt, das Hilfsbereitschaft signalisiert. Tatsächlich nickt Frau Otte ihr zu und weist mit einer Handbewegung zur Tür.
»Richte ihm bitte aus, dass er sich schleunigst hier einzufinden und an der Wanderung teilzunehmen hat!« Bei dem Wort »schleunigst« betont sie jede Silbe. »Wenn der Herr glaubt, er könnte sich hier tagtäglich eine Extrawurst braten, ist er auf dem Holzweg! In fünf Minuten hat er hier zu sein!«
Immer Marilu. Der Otte ist es natürlich egal, ob sie Raoul ihr zuliebe holt oder weil sie sich an ihn heranschmeißen will. Aber mir nicht. Sie hätte wirklich mal mich nehmen können. Auf den zehn Metern zwischen seinem Zimmer und hier wäre ich zwar noch lange nicht mit Raoul

zusammengekommen und einen fertigen Songtext könnte ich ihm so schnell auch nicht liefern. Aber er hätte mich vielleicht wenigstens wieder bemerkt. Jetzt wird er nur Marilu bemerken. Sie wird schon wissen, wie sie das am besten anstellt.
Tatsächlich redet sie noch flüsternd auf Raoul ein, als sie dicht hinter ihm in den Raum zurückkehrt. »Voll guter Reim« schnappe ich auf und »Lovesong«, ganz dicht an seinem Ohr. Raoul jedoch brummt nur irgendeine Antwort und setzt sich neben Birol auf den letzten freien Stuhl.
Erst jetzt sehe ich, dass seine Haut viel blasser ist als sonst. Unter den Augen haben sich dunkle Ringe gebildet. Bestimmt hat er schlecht geschlafen. Als Frau Otte jetzt mit ihrer Gardinenpredigt anfängt, wie wir uns im Wald zu verhalten haben, verdreht Raoul nur die Augen und stützt seinen Kopf in die Hände.
Vielleicht kann ich mich auf der Wanderung einmal unauffällig in seine Nähe pirschen. Nicht so aufdringlich wie Marilu natürlich, sondern ganz sanft, und einfach mal nachfragen, ob ich ihm helfen kann. Vielleicht gefällt ihm das sogar besser. Ihre Taktik, einen auf unnahbar zu machen, scheint Marilu ohnehin vergessen zu haben, also brauche ich das auch nicht zu tun.

»In zehn Minuten treffen wir uns am Haupteingang wieder!«, schließt Frau Otte endlich ihre Rede. »Zieht festes Schuhwerk und eure Regenjacken an und vergesst euer Schreibzeug nicht! Wir wollen mit offenen Augen durch die Natur gehen und dazu habe ich einige Beobachtungsaufgaben vorbereitet, die euren Blick schulen und schriftlich beantwortet werden sollen!«

Regenjacken. Dabei regnet es überhaupt nicht und es sieht auch nicht danach aus. Im Gegenteil, zwischen ein paar Quellwölkchen brechen sich die Sonnenstrahlen und kitzeln mich in der Nase. Aber das kann auch von meiner verflixten Allergie kommen, vor der ich wahrscheinlich den ganzen Sommer lang keine Ruhe haben werde. Meine hässliche durchsichtige Plastikjacke habe ich, ganz klein zusammengefaltet, in den Rucksack gelegt, in dem auch mein Schreibzeug ist.

Raoul kommt ganz ohne Jacke zum Treffpunkt, immer noch mit finsterem Blick und wortkarg. Marilu stellt sich in ihrer schicken roten dicht neben ihn. Ihre Lippen hat sie in derselben Farbe geschminkt und versucht einen verführerischen Schmollmund.

Gerade will ich ihr sagen, dass sie damit absolut lächerlich aussieht, als ich plötzlich niesen muss, laut und heftig, es fühlt sich an, als ob ein Gewitter in meiner Nase tobt. Ein Funkenregen aus winzigen Tröpfchen ergießt sich über meine Mitschüler.

»Iiiih!« Marilu schirmt ihr Gesicht mit dem Arm ab und weicht mir mit einem großen Schritt aus, dabei tritt sie Raoul beinahe auf den Fuß. »Ich will mir doch hier nicht die Pest holen! Hast du dein Spray nicht dabei, Josi?«

»Allergien sind nicht ansteckend«, klärt Raoul sie knurrend auf. »Also sei nicht so hysterisch, Marilu. Gib Josefine lieber ein Taschentuch oder hast du nur unnützes Zeug in deinem Tussitäschchen?«

Marilu starrt ihn an, in ihren Augen lodert eine Mischung aus Zorn, Unglauben und Verlegenheit. Mir bleibt der nächste Nieser glatt in der Nase stecken. Ich muss mich verhört haben. Dass Raoul mich gegen die fiesen Attacken dieser rot gelackten Traumfrau verteidigt, die angeblich meine beste Freundin ist, kann nicht sein. Das ist einfach nicht möglich.

»Jaja, klar«, stottert Marilu und zaubert tatsächlich ein säuberlich gefaltetes Tempo extraweich hervor und reicht es mir. »War nur ein Scherz, Josi, tut mir Leid. Aber dein Allergiespray solltest du wirklich mitnehmen, meinst du nicht?«

Eins zu null für mich. Nun bin ich es, die Raoul ein dankbares Lächeln schenkt.
»Logisch«, lenke ich ein und nicke Marilu zu, ehe ich mich an unsere Lehrerin wende. »Darf ich noch mal kurz hoch ins Zimmer, Frau Otte? Mit dem Heuschnupfen stehe ich den Ausflug sonst nicht durch. Ich beeile mich auch.«
»Bitte«, nickt unsere Lehrerin mit leicht abwesendem Blick und zählt die anderen schon wieder durch. »Lange warten wir aber nicht!«
Das braucht sie auch nicht, denn ich weiß ja genau, dass mein Allergiespray noch auf dem Fensterbrett steht, neben Roses dickem Buch, das sie in jeder freien Minute weiterliest. Mit großen Schritten stürme ich die Treppe hoch und den Flur zu unserem Zimmer entlang, das mit dem Spray wird jetzt wirklich Zeit. Meine Nase ist fast völlig zugeschwollen und meine Augen beginnen zu tränen. Fast glaube ich zu fühlen, wie mein Kajalstrich verläuft, und das darf auf keinen Fall passieren. Nicht heute, nachdem sich Raoul so süß auf meine Seite gestellt hat!
Verflixt, auf dem Fensterbrett ist das Spray doch nicht. Roses dicke Fantasyschwarte liegt noch dort, aber meine kleine Pumpflasche nicht. Komisch, ich war mir doch sicher, dass ich sie dorthin gestellt

hatte, gestern Abend vor der Tanzprobe noch, nachdem ich das Spray zum letzten Mal benutzt hatte. Dann kann es nur in meinem Kulturbeutel sein. Hastig husche ich in den Waschraum und durchwühle meinen Kosmetikkram, hebe den Deoroller und die Haarbürste an und nehme meine Taschentücher raus, um sie mir in die Hosentasche zu stecken. Jetzt liegen nur noch meine Schminksachen im Kulturbeutel, darunter könnte ich die Sprayflasche gar nicht übersehen. Aber sie ist nicht da.

Stattdessen werde ich von einer weiteren Niesattacke überfallen, die meine Augen noch stärker tränen lässt. Mir ist jetzt wirklich zum Heulen. Ich hechte an meine Reisetasche, obwohl die seit dem Auspacken nach unserer Ankunft unter meinem Bett liegt und schon so langsam einstaubt – da habe ich das Spray bestimmt nicht hingetan. Aber man weiß ja nie. Also reiße ich jedes kleine Seitenfach einzeln auf und durchwühle es, das große Hauptfach auch, obwohl ich ganz genau weiß, dass es dort nicht ist. Gerade als ich die Tasche mit dem Fuß zurück unters Bett stoße, höre ich an der Tür ein zaghaftes Klopfen. Marilu tritt leise ein.

»Frau Otte schickt mich, ich soll nachsehen, wo du bleibst«, sagt sie mit sanfter Stimme. »Geht es dir nicht gut?«

»Ich finde das verdammte Spray nicht.« Der Kloß in meinem Hals ist bestimmt nicht zu überhören, aber ich will nicht heulen. Nicht auch noch das. Wenn ich so runter zu den anderen gehe, sehe ich ja aus wie eine Kreuzung aus Vogelscheuche und Zombie. »Obwohl ich genau weiß, wo es war. Aber egal, gehen wir jetzt. Ich suche heute Abend weiter.«
»Blödsinn.« Marilu öffnet unseren gemeinsamen Kleiderschrank und hebt nacheinander alle meine T-Shirts an. »Neulich zum Shoppen hattest du es auch nicht mit, so was vergisst man schon mal! Ich helfe dir schnell. Soll die Otte doch warten, die anderen finden es geil, dass wir noch nicht losgehen. Die liegen alle längst auf dem Rasen vor der Tür und sonnen sich.«
Bei der Vorstellung, dass die Otte unten tobt, während die ganze Klasse relaxt, muss ich nun doch grinsen. Marilu lächelt auch und legt ihre Hand auf meinen Arm.
»Das von vorhin tut mir Leid«, bekräftigt sie noch einmal. »War wirklich nicht böse gemeint.«
»Ist schon gut«, antworte ich, stelle mich dicht neben sie und sehe zwischen meinen Jeans nach. »Ich war viel zu schnell eingeschnappt. Aber sag mal ehrlich, Marilu.« Ich drehe mein Gesicht zu ihr und sehe sie

so direkt an, dass sie mir kaum ausweichen kann.
»Stehst du auch auf Raoul?«
Marilu meidet meinen Blick, greift ins oberste Schrankfach zwischen meine zusammengefaltete Unterwäsche, zieht den Sport-BH heraus und lässt ihn nachdenklich durch ihre Finger gleiten.
»Vielleicht hat er längst eine Freundin«, antwortet sie. »Irgendwo anders, außerhalb der Schule. Ein etwas älteres Mädchen oder so. Soll ich dir meine Nasentropfen geben? Ist besser als nichts.«
Marilu drückt mir gleich die voll gesogene Pipette in die Hand, das Zeug brennt in meiner Nase, doch kurz darauf bekomme ich wenigstens wieder etwas Luft. Wenn ich auch nicht glaube, dass das lange anhält. Ich hatte das Spray wirklich aufs Fensterbrett gelegt, denke ich, als wir nach draußen treten. Vor dem Tanzen. Ich weiß es ganz genau. Meine Augen tränen noch immer, bestimmt sehe ich aus wie Rudolf das Rentier, so rot leuchtet meine Nase jetzt. Und Marilu geht gleich wieder zu Raoul, als ob nichts gewesen wäre.

8. Freitag

Nie hätte ich es für möglich gehalten, aber unser Tanz klappt inzwischen richtig gut, nachdem wir heute Nachmittag erneut geprobt haben. Ich habe mich so konzentriert, dass Marilu kaum noch etwas an mir auszusetzen hatte. Wenn sie unbedingt eine Tanzband für Raoul auf die Beine stellen will, ist es klar, dass ich mein Bestes gebe. Schließlich will ich ihm ja gefallen.
Nur mein Allergiespray bleibt wie vom Erdboden verschluckt. Die Wanderung durch den Wald war die Hölle für mich. Frau Otte hatte mir sogar angeboten in der Jugendherberge zu bleiben, aber das wollte ich nicht. Zu sehr hätte ich befürchtet, Marilu könnte sich inzwischen so ausdauernd an Raoul heranpirschen, dass sie ihn für sich gewinnt. Aber Raoul bildete von Anfang an das Schlusslicht der Klasse und sprach mit niemandem. Auch nicht mit mir und schon gar nicht mit Marilu.
Beim Tanzen im Zimmer heute hielten sich meine Beschwerden in Grenzen, aber schon als wir

anschließend das Fenster öffneten, weil wir so geschwitzt haben, schwoll meine Nase gleich wieder zu. Je länger ich ohne mein Spray bin, desto schlimmer wird es. Und in einer Stunde beginnt unser Discoabend!

»Ich könnte wahnsinnig werden«, stöhne ich deshalb, als mich erneut eine Niesattacke ereilt. »Ausgerechnet jetzt! Alle stylen sich auf und ich schniefe hier herum wie ein altes Walross!«

Marilu sieht mich mitleidig an und legt ihren Arm um meine Schultern. »Das ist wirklich Pech«, sagt sie, »aber mach dir nichts draus. Wisst ihr, was?« Sie blickt sich in der Runde der anderen Mädchen um, die sich um uns geschart haben. »Ich könnte euch für die Fete alle schminken, darin bin ich ziemlich gut! Wenn ich keine Karriere als Tänzerin mache, will ich später Maskenbildnerin werden. Ihr werdet toll aussehen, den Jungs wird schwindlig werden bei eurem Anblick! Habt ihr Lust, Mädels?«

Wenig später ist unser Zimmer der reinste Beautysalon. Marilu ist wirklich geschickt. Für jedes Mädchen sucht sie die passenden Lidschattenfarben heraus, die sowohl die Augen betonen als auch zur Kleidung passen. Die Wimpern tuscht sie kräftig, aber nicht übertrieben. Mit transparentem, ganz leichtem

Make-up schminkt sie die Gesichter so, dass Pickelchen und Rötungen sich in einen samtigen, ebenmäßigen Teint verwandeln, ohne dass das Gesicht zugekleistert wirkt. Nur bei Rose, die auf der Stirn unter starker Akne leidet, trägt sie etwas mehr auf und frisiert ihr die Haare so, dass man die Pickel kaum noch sieht. Das frisch wirkende Puderrouge, mit dem Marilu bei jedem Mädchen die Wangen betont, ist bei Rose gar nicht nötig – sie errötet ganz von allein, als sie von ihrem Stuhl aufsteht und sich im Spiegel betrachtet. Vielleicht hat sie noch gar nicht gewusst, dass auch sie hübsch aussehen kann. Nett von Marilu, dass sie es ihr gezeigt hat, denke ich, als ich an der Reihe bin und mich auf den Stuhl setze. Hoffentlich hat sie nicht gemerkt, wie schlecht ich über sie gedacht habe.
»Bei dir gebe ich mir besonders viel Mühe«, verspricht sie mir und bindet meine Haare, die ich heute früh frisch gewaschen habe, im Nacken zusammen. »Mach dir keine Sorgen, wir kriegen das schon hin mit deiner Nase.«
»Wenn du das schaffst, lade ich dich zu Hause zum Pizzaessen ein«, antworte ich, lehne mich zurück und schließe die Augen.
Eine Zeit lang genieße ich es so sehr, zu spüren, wie

Marilu mein Gesicht mit einem Make-up-Schwämmchen bearbeitet, mir die Augenbrauen nachstrichelt, Rouge aufträgt und mir vorsichtig mit einem Lippenpinsel über den Mund streicht.
»Jetzt könnte ich einschlafen«, murmele ich, »es ist so gemütlich!«
»Nichts da«, entgegnet Marilu mit gespieltem Ernst. »Das Schwierigste kommt erst noch. Ich muss jetzt deine Nase pudern und versuchen dir irgendwie die Augen anzumalen.«
Ich halte ganz still. Auch Marilu spricht nicht, während sie mein unteres Augenlid etwas herunterzieht und mit einem dünnen schwarzen Kajalstift eine feine Linie zieht.
»Nicht zwinkern«, fordert sie flüsternd, doch ich muss blinzeln, meine Augen tränen schon wieder. Marilu setzt den Stift ab und tritt einen Schritt zurück. »Verdammt, Josi, so verläuft alles!«
»Ich kann doch nichts dafür«, jammere ich und taste nach dem Papiertaschentuch, auf dem ich sitze. »Es ist diese Sch. . .allergie!«
So vorsichtig ich kann, tupfe ich meine Augen ab; hinterher sieht Marilu dennoch unzufrieden aus.
Etwas eiliger als vorhin erneuert sie meinen

Kajalstrich, auch ihr Blick verrät mir, sie hat nicht ewig Zeit. Zuallerletzt will sie sich schließlich noch selbst zurechtmachen.
»Einigermaßen geht es«, meint sie schließlich, legt den Kajalstift zurück in ihre Kosmetiktasche und greift nach ihrer Puderdose. Große Hoffnungen mache ich mir nicht. Bevor Marilu sich wieder meinem Gesicht nähert, schnäuze ich mich, meine Nase läuft wie ein Wasserhahn, der nicht richtig zugedreht wurde. Dann tupft sie mir mattierendes Puder über das Make-up, das ich bestimmt schon halb abgewischt habe.
»Warte mal kurz«, japse ich plötzlich, irgendetwas kitzelt mich schon wieder in der verflixten Nase. Ich wende meinen Kopf ab, hole unwillkürlich tief Luft und schon muss ich niesen, so heftig wie die ganze Zeit noch nicht, einmal und dann gleich noch ein paar Mal.
»Ich geb's auf«, verkünde ich, als meine Nase sich wieder beruhigt hat, noch dicker als vorher fühlt sie sich jetzt an, noch dazu juckt es wie blöde an meinem Gaumen. »So wird das nie was. Hat wirklich niemand von euch inzwischen mein Spray gefunden?«
Rose, Lale, Julia und Jennifer schütteln die Köpfe und auch Marilu hebt bedauernd die Schultern. »Wir

haben ja neulich schon zusammen alles abgesucht«, erinnert sie mich. »Wollt ihr schon vorgehen? Ich komme gleich nach, muss mich noch umziehen. Ihr seid ja jetzt alle fertig.«
Rose erwidert, sie würde gern auf Marilu warten, sie sei ohnehin noch nicht mit der Tagebuchseite von gestern fertig. Doch Marilu schickt sie mit uns nach draußen.
»Lass sie«, sage ich und nehme Rose am Arm. »Ist doch klar, dass Marilu noch ein paar Minuten für sich haben will, nachdem sie uns alle geschminkt hat. Das musst du ihr schon gönnen, also komm jetzt.«
Marilu schickt mir ein dankbares Lächeln nach, als ich mich an der Tür noch einmal nach ihr umdrehe. Wenn zwischen uns alles wieder gut wird, ist mir das sogar eine Triefnase wert.

Im Aufenthaltsraum ist schon alles abgedunkelt. Raoul, Tom und Ufuk haben schon eine CD in die bereitstehende Anlage eingelegt und testen die Lichtorgel. Erleichtert stelle ich fest, dass Raoul nicht mehr ganz so trübsinnig aussieht. Musik – das ist seine Welt, selbst wenn es nur darum geht, ein paar CDs abzuspielen.

Nach und nach füllt sich der Raum mit den anderen

aus der Klasse. Nicht nur wir Mädchen, auch die Jungs haben sich gestylt. Niklas, Ufuk und Birol scheinen eine ganze Tube Gel in ihren kurz geschnittenen Haaren verteilt zu haben, Tom ist frisch geföhnt, überall duftet es nach sportlichem Duschgel. Sogar Martin, der sonst immer mit fettigen Haaren herumläuft und meistens nach Schweiß müffelt, ist frisch geduscht und hat sich ein sauberes Hemd angezogen. Nur Raoul trägt wie immer ein verwaschenes rotes T-Shirt, seine Jeans ist an den Beinabschlüssen ausgefranst, die Haare hat er im Nacken zusammengebunden. Trotzdem sieht er mit Abstand am besten aus von allen. Finde ich zumindest.
Am Anfang traut sich noch niemand zu tanzen, obwohl Raoul schon jetzt Musik aufgelegt hat, die sofort in die Beine geht. Fast alle stürzen sich auf die bereitgestellten Getränke, auch die ersten Chipstüten, die Frau Otte uns spendiert hat, sind bereits nach wenigen Minuten leer. Ich blinzele ab und an durch meine tränenden und geschwollenen Augen zur Tür, um nach Marilu Ausschau zu halten. Rose steht mit einem Becher Limo in der Hand neben mir und folgt meinem Blick.
»Marilu lässt sich Zeit«, stellt sie fest. »Ob ich mal hochgehe und schaue, ob sie irgendetwas braucht?«

In diesem Moment höre ich dicht neben mir jemanden durch die Zähne pfeifen. Es ist Birol und sofort ist mir klar, dass es nur wegen Marilu sein kann. Typisch, denke ich; sie muss immer ihren Auftritt haben. Aber jetzt nehme ich es ihr nicht mehr übel. Mir fällt sogar ein lockerer Spruch ein, den ich sagen will, damit sie nichts von meiner Angst mitbekommt. Von meiner Angst, sie könnte mit ihrem tollen Aussehen auch Raouls Aufmerksamkeit auf sich ziehen. Wenn sie das merkt, ist gleich wieder alles vorbei. Gespannt, welches Outfit sie sich für unseren letzten Abend hier zurechtgelegt hat, wende ich meinen Kopf zur Tür.
Ich erstarre zur Salzsäule. Alles hätte ich für möglich gehalten, aber nicht das. So gemein kann sie nicht sein. Nicht meine beste Freundin, die doch sowieso jeden Jungen haben kann. Die immer super rüberkommt, und wenn sie sich mit Putzlappen behängt. Das kann sie nicht machen. Ich glaube es einfach nicht. Mein lockerer Spruch bleibt mir im Hals stecken. Ich muss aufpassen, dass ich nicht heule.
»Marilu«, stoße ich fassungslos hervor, während sie gemessenen Schrittes den Raum betritt wie eine Diva, »das war doch mein Traumshirt, genau dieses!

Weißt du es nicht mehr? Dir stand doch das andere mindestens genauso gut! Wieso hast du . . .«
»Du konntest es dir doch sowieso nicht leisten«, gibt Marilu zurück, ungerührt, als wäre ich irgendjemand, der nicht die geringste Bedeutung für sie hat. Aber wahrscheinlich habe ich das auch nicht.
»Sollte das schöne Teil deswegen da hängen bleiben, bis es von der Sonne ausbleicht und keiner es auch nur für 4,99 Euro nehmen würde? Nur weil du es nicht gekauft hast?«
»Du verstehst mich nicht.« Verzweifelt greife ich nach ihrem Arm. »Ich finde so selten etwas, das mir wirklich gut steht. Ich wollte noch darauf sparen. Es musste nicht unbedingt für diese Klassenreise sein. Aber jetzt kann ich es vergessen! Verstehst du?«
»Ich bin nicht taub.« Marilu schüttelt meine Hand ab. »Mach nicht so einen Aufstand, das ist doch peinlich. Mir gefiel das Shirt eben auch und nun habe ich es. Du wirst es überleben, Josi.« Mit diesen Worten schiebt sie sich an mir vorbei, passiert die Jungen mit ihren bewundernden Blicken. Marilu trägt zu dem Shirt keine Jeans, wie ich es höchstwahrscheinlich getan hätte. Nein, sie schreitet im Minirock an ihrer Fangemeinde vorbei auf die Tanzfläche, schon fängt sie an sich zu

bewegen, aufreizend, ihr Hüftschwung ist tausend Mal geübt.
Und auch Raoul sieht zu ihr hin. Seiner Miene kann ich nicht entnehmen, was er denkt, aber er sieht hin. Zu mir hingegen schaut er noch weniger als in den letzten Tagen.
Eine Niesattacke schüttelt mich, sie will gar nicht mehr aufhören. Ob meine Augen noch immer vom Heuschnupfen tränen oder weil ich vergeblich versuche nicht zu heulen, weiß ich nicht. Aber ich habe genug. Von dieser Klassenfahrt, von Marilu, von der lauten Musik und der zuckenden Lichtorgel um mich herum, von Frau Otte und sogar von Raoul. So wie er jetzt Marilu anstarrt, sehe ich doch, dass er auch nicht anders ist als die anderen Jungs. Als begehrter Musiker ist er vielleicht sogar noch schlimmer. Ich haue ab ins Zimmer, am besten ich gehe schlafen.
»Josi«, höre ich plötzlich Roses Stimme leise neben mir. »Josi, ich glaube, wir sollen jetzt mittanzen«, sagt sie, als ich gerade aus der Tür stürmen will. »Wegen Raouls Auftritt. Es sieht gerade günstig aus, er schaut hin!«
»Vergiss es!«, kreische ich. Meine Stimme klingt, als hätte ich eine Qualle verschluckt. »Ich wollte da noch nie mitmachen!«

Oben im Zimmer umfängt mich die Stille wie die Arme einer tröstenden Mutter. Laut schniefend, werfe ich mich auf mein Bett und heule, wie ich bestimmt nicht mehr geheult habe, seit ich klein war und mir beim Rollschuhlaufen das Knie aufgeschlagen habe. Alles ist verloren: Marilu, unser Tanz, Raoul und mein Traumshirt. Wie soll es jetzt weitergehen?
Wie aus sehr weiter Entfernung höre ich die Stimmen der anderen über den Flur näher kommen, als ich mich endlich ein wenig beruhigt habe. Marilu höre ich sofort heraus, sie singt irgendeinen Hit vor sich hin, dann fragt sie etwas, lacht, zuerst leise, dann immer lauter. Eilig stürze ich an unser Waschbecken, spüle mein Gesicht mit kaltem Wasser ab, schnäuze in ein Stück Toilettenpapier, ziehe meine Jeans und den Pulli aus. Dann lösche ich das Licht, schlüpfe unter meine Bettdecke und versuche langsam und gleichmäßig zu atmen. Ich zucke nicht einmal zusammen, als unverhofft das Deckenlicht grell durch meine geschlossenen Augenlider scheint.
Nach ein paar Minuten sind alle in ihren Betten. Das Licht ist aus. Nur verhalten höre ich hier und da eine Decke rascheln.
»Josefine hat mir Leid getan, heute«, sagt Rose in die Stille hinein.

»Mir auch.« Das ist Julias Stimme. »Das mit dem Shirt war gemein von dir, Marilu.«
Jennifer und Lale brummeln irgendetwas. Ob sie zustimmen, kann ich nicht heraushören.
»Das ist doch alles unwichtig«, entgegnet Marilu. »Aber ihr könnt ja weiter darüber diskutieren, wenn ihr wollt. Gute Nacht!«
Niemand redet mehr. Dennoch kann ich lange nicht einschlafen. Und plötzlich kommt mir ein genialer Gedanke. Eine absolute Superidee, wie ich mich an meiner Lieblingsfeindin rächen kann. Beim Packen morgen früh herrscht bestimmt das absolute Chaos. Ich dürfte ziemlich freie Bahn haben.
Du wirst dich noch wundern, Marilu, denke ich. Dieses Mal bekommst du deine Rache. Du scheinst es nicht anders zu wollen.
Innerlich grinsend, drehe ich mich auf die andere Seite. Kurz darauf schlafe ich tief und fest bis zum nächsten Morgen.

9. Samstag

»Was ist denn das?«, wundert sich Marilu, als sie gerade ihren Koffer aufs Bett wuchten will. In zwei Stunden fahren wir ab, alle sind beim Packen. Unser Zimmer sieht aus, als hätte jemand eingebrochen und alles durchwühlt. »Ich habe doch die ganze Zeit nichts geschrieben, nicht mal eine Postkarte! Wieso liegt also ein Briefumschlag auf meinem Bett? Gehört er dir, Rose?«
Rose schüttelt den Kopf. »Der Brief an meine Eltern ist am Mittwoch rausgegangen. Ich wollte nicht so spät schreiben, dass ich eher zu Hause bin als meine Post.« Sie packt ihre Fantasyschwarte in ihren Rucksack; ein Weltwunder, dass sie das Buch nicht längst durchgelesen hat. »Sonst habe ich nur Tagebuch geschrieben.«
Auch die anderen Mädchen beteuern keinen Brief geschrieben oder erhalten zu haben. Als Marilu mich fragt, zucke ich nur mit den Schultern und falte mein Sleepshirt zusammen.
»Ich bin nur froh, wenn ich endlich zu Hause bin und

mein Allergiespray wiederhabe«, sage ich düster. »Diese ganze Klassenfahrt war doch ein einziger Reinfall.«

Niemand erwidert etwas. Marilu zieht den Brief unter ihrem Koffer hervor und öffnet ihn. Beim Lesen hält sie ihn so, dass keines der anderen Mädchen mit hineinschauen kann. Lale, Julia, Jennifer und vor allem Rose können ihre Spannung kaum verbergen. Ich tue so, als ob es mir ebenso ergeht, mit gespielter Nervosität kaue ich auf meinen Lippen herum.

»Und?«, fragt Rose, als Marilu den Brief wieder zusammenfaltet und zurück in seinen Umschlag steckt. »Was steht drin?«

Erst jetzt blickt Marilu in unsere Runde. Noch mehr als ich erwartet hatte, leuchten ihre Augen vor Überraschung und Glück.

»Er ist von Raoul«, verkündet sie und schüttelt ihre dunkelbraunen Locken. »Es ist ein Liebesbrief. Ich fasse es kaum, er will mit mir zusammen sein!«

»Ist das wahr?« Rose versucht ihr den Brief aus der Hand zu reißen, entschließt sich dann aber doch anders und wirft ihre Arme um sie. »Das ist ja toll, Marilu! Liebst du ihn auch?«

»Mehr als mein Leben«, haucht sie und küsst den Briefumschlag mit der gefälschten Handschrift

darauf. »Raoul ist doch einfach ein Traumtyp, findet ihr nicht?«
»Bisher fand das immer vor allem Josi«, wirft Lale ein und streicht sachte mit dem Finger über meinen Handrücken. »Du Arme, das ist doch jetzt bestimmt total blöd für dich.«
»Quatsch«, erwidere ich und blicke zu Boden. »Ich bin schon lange nicht mehr in ihn verliebt.«
»Ach so«, sagt Lale und sieht dabei aus, als würde sie mir gern glauben. »Na dann . . . viel Glück, Marilu!«
»Ich muss zu ihm!«, jubelt diese. »Bestimmt hat er seinen ganzen Mut zusammengenommen, um mir zu schreiben, und jetzt wartet er auf eine Antwort! Mädels – ich bin gleich wieder da!«, ruft sie und eilt schon zur Tür. »Oder vielleicht auch nicht!«
»He, was ist mit dem Packen?«, rufe ich hinter ihr her. Ich weiß ja, was gleich passieren wird, und deshalb beginnt mein Herz jetzt doch verdammt heftig zu wummern. »In einer halben Stunde kommt Frau Otte und kontrolliert unser Zimmer. Wenn du jetzt länger wegbleibst . . .«
»Verdammt, Josi!« Marilu lacht und dreht sich schwungvoll im Kreis herum, sie trägt wieder den Minirock von gestern Abend, zum Glück jedoch mit einem anderen Shirt. »Ich habe jetzt wirklich

Wichtigeres zu tun, als Socken und Unterwäsche zu stapeln!«
»Weiß ich doch«, räume ich ein. »Aber hast du mir nicht wochenlang gepredigt, man müsse einem Jungen, den man toll findet, die kalte Schulter zeigen?«
»Da hat Josi Recht«, pflichtet mir Lale bei. »Genau das waren deine Worte, Marilu.«
»Und jetzt rennst du gleich los und wirfst dich Raoul an den Hals«, fahre ich fort. »Also hast du das damals nur gesagt, damit ich mich nicht an ihn heranmache!«
»Glaub doch, was du willst.« Marilu zieht vor unserem Spiegel ihre Lippen nach, bis sie zartrosa schimmern. »Wenn du an meiner Stelle wärst, wärst du jetzt auch gegangen. Oder?«
»Das ist gemein, Marilu«, sage ich leise.
»Dir hat er nun mal keinen Liebesbrief geschrieben, sondern mir, Josefine«, setzt sie hinzu. »Also reg dich ab und kümmere dich um deinen eigenen Kram.« Mit diesen Worten dreht sie mir den Rücken zu und geht.
Die Minuten, bis sie wieder da ist, erscheinen mir endlos, gleichzeitig will ich überhaupt nicht, dass sie zurückkommt. Es gibt so gar nichts, was ich mehr fürchte als das. Raoul wird ihr natürlich sagen, dass er den Brief gar nicht geschrieben hat. Aber es würde

mich nicht wundern, wenn die beiden trotzdem zusammenkommen. Wie ein Roboter in Zeitlupe packe ich weiter meinen Koffer, lege die Hosen nach unten, obendrauf meine Pullis, die T-Shirts. Die anderen Mädchen tun es mir gleich, schweigend wie ich.
Die Tür fliegt auf; viel schneller als erwartet, ist Marilu wieder da. In der linken Hand hält sie den Brief, zerrissen in mehrere Teile.
»Dieser Mistkerl«, schimpft sie, ihre Stimme klingt mehr wie ein Jammern. »Was bildet der sich eigentlich ein mich so zu behandeln?« Sie will noch etwas hinzufügen, doch noch während sie Luft holt, bricht sie in Tränen aus. Mit heftigen Bewegungen zerrt sie ein paar Klamotten aus ihrem Schrank und wirft sie in ihren Koffer, mittendrin jedoch schiebt sie ihn ans Fußende ihres Bettes und vergräbt ihr Gesicht, laut weinend, in ihrem Kopfkissen.
»Was ist denn passiert?«, fragt Rose bestürzt und beugt sich über Marilu, um sanft ihren Rücken zu streicheln. »Wie hat er dich behandelt?«
Marilu heult noch eine Weile ungehemmt weiter, doch dann richtet sie sich auf und sieht Rose an, ohne sich die Tränen aus dem Gesicht zu wischen.
»Raoul behauptet auf einmal, er hätte den Brief überhaupt nicht geschrieben! Er hat mich richtig

angemotzt, er wolle überhaupt nichts von mir, ich sei eine blöde Tussi und solle ihn endlich in Ruhe lassen!«
»Ach, das meint er bestimmt gar nicht so.« Rose nimmt jetzt Marilus Hand. »Du weißt doch, dass er schlecht drauf ist wegen dieses Songtextes. Du hast einfach einen schlechten Moment erwischt.«
»Glaube ich auch«, stimmt Julia ihr zu. »Ich denke, er wollte dir seine Gefühle ganz bewusst erst mal nur schriftlich gestehen, ohne groß reden zu müssen. Sonst wäre er ja selbst zu dir gekommen, statt vor dem Frühstück heimlich einen Liebesbrief auf dein Kopfkissen zu legen.«
»Zeig mal den Brief«, bittet Lale. »Ich habe doch, als er neu in unsere Klasse kam, ein paar Wochen lang neben ihm gesessen, deshalb kenne ich seine Handschrift ziemlich genau.«
»Vielleicht erkennst du noch was«, sagt Marilu und reicht ihr die Papierfetzen, die sie inzwischen auch noch ziemlich zerknüllt hat. Lale zieht nur ein Stück heraus und wirft einen kurzen Blick darauf, ehe sie nickt und es Marilu zurückgibt.
»Das ist Raouls Schrift«, bestätigt sie. »Ganz eindeutig. Das große M ist unverwechselbar, das schreibt sonst niemand so.«

Mir ist, als ob sich unter meinen Füßen eine Falltür auftut. Ich habe nicht die geringste Ahnung, wie es jetzt weitergehen soll. Sobald Marilu sich halbwegs beruhigt hat, wird sie versuchen sich erneut an Raoul heranzupirschen, ihm vielleicht auch einen Liebesbrief schreiben. Oder sie wird ihn jetzt schneiden, genau wie mich. Er wird natürlich dabei bleiben, dass er nicht an sie geschrieben hat. Und allmählich glaube ich sogar, dass er wirklich nichts von Marilu will. Aber wie lange halte ich es durch, mit dieser Lüge zu leben? Weiter zu verheimlichen, dass ich dahinter stecke?
In mich verlieben wird sich Raoul auch nicht. Das kann ich mir wohl endgültig abschminken. Sonst hätte er längst was gesagt. Wenn ich also jetzt gleich alles zugebe, behalte ich vielleicht wenigstens Marilu als Freundin.
»Das ist nicht Raouls Handschrift«, gestehe ich also, nachdem ich drei Mal tief durchgeatmet habe. »Das war ich. Du weißt ja, wie gut ich Handschriften kopieren kann. Entschuldige, Marilu. Ich war so sauer, als ich dich gestern in diesem Shirt sah, das ich mir selber so sehr gewünscht hatte. Deshalb wollte ich mich an dir rächen und dir einfach einen Streich spielen. Dass du darauf reinfallen und so

traurig sein würdest, hätte ich nie gedacht. Es tut mir Leid.«
Im Zimmer wird es ganz still. Ein Mädchen nach dem anderen hört auf seine Sachen zu packen und starrt mich an. Marilus Augen sind geweitet, zuerst sieht es aus, als ob erneut Tränen darin schimmern, doch dann bildet sich eine tiefe Furche zwischen ihren Augen und aus ihren Pupillen scheinen Blitze zu zucken.
»Du warst das?«, faucht sie, steht von ihrem Bett auf und kommt wie in Zeitlupe auf mich zu. »Das hast du gemacht, ausgerechnet du? Die liebe Josefine, die angeblich meine beste Freundin ist?«
»Du hast dich auch nicht gerade wie ein Engel verhalten, Josi gegenüber.« Es ist Lale, die zuerst ihre Sprache wieder gefunden hat. »Das mit dem T-Shirt war nur der Gipfel von all den anderen Gemeinheiten in letzter Zeit.«
»So was von durchtrieben«, zischt Marilu weiter, ohne auf Lales Worte einzugehen. Stattdessen steht sie jetzt ganz dicht vor mir und gibt mir einen Schubs gegen die Brust, der mich straucheln lässt. »Du hast meine Gefühle in den Schmutz gezogen und ich habe dir vertraut. Du bist nicht mehr meine Freundin, Josefine Wutz!«

»Ich habe doch gesagt, dass es mir Leid tut!« Nun fange ich fast selber an zu heulen, dabei ist meine Nase sowieso schon wieder knallrot und geschwollen vom Heuschnupfen. Alles ist so was von schief gelaufen, wie es kaum schlimmer hätte kommen können. »Deshalb habe ich es doch auch gleich zugegeben. Es war wirklich blöd von mir, Marilu.« Ich strecke ihr meine Hand hin. »Können wir uns nicht gegenseitig verzeihen? Du mir und ich dir?«
»Ich dir?« Marilu schlägt meine Hand aus, sie ist kurz davor, auf den Boden zu spucken. »Träum weiter! Mit so einer Hexe lasse ich mich nicht noch einmal ein!« Sie wendet sich ab und fängt an die Sachen in ihrem Koffer neu zu sortieren, packt den Rest aus ihrem Schrank obendrauf.
»Ach, Rose, was ich dich fragen wollte«, sagt sie mit einer auf heiter gestellten Stimme, als sie fertig ist und die Schlösser zuschnappen lässt. »Du sitzt doch nachher im Bus wieder neben mir?«

10. Sonntag

Um sieben Uhr zweiundzwanzig wache ich auf und stelle erleichtert fest, dass ich in meinem eigenen Bett liege. Ich bin nicht mehr auf Klassenreise und über mir atmet nicht Marilu. Ich bin zu Hause.
Noch etwas schlaftrunken wälze ich mich aus dem Bett und lasse meine Rollos hoch. Draußen ist noch immer herrlich sonniges Wetter. Ich öffne das Fenster weit und lehne mich nach draußen. Schon jetzt ist es so warm, dass man fast baden gehen könnte. Wenn ich nur wüsste, mit wem.
Unwillkürlich denke ich daran zurück, wie Marilu neulich vor der Schule die Jungs abgekanzelt hat, die mit ihr zum Baggersee wollten. Mit mir würde sie das jetzt sicher nicht anders machen. Wir sind keine Freundinnen mehr. Seit gestern ist die Stimmung zwischen uns vollkommen vergiftet. Auch während der Busfahrt nach Hause hat sich nichts daran geändert.
Rose hatte sich allein hingesetzt, um in keine Streitereien mehr hineingezogen zu werden. Marilu

erwischte wieder einen der vordersten Plätze und sofort gesellten sich ein paar der anderen Mädchen dazu. Ich setzte mich wieder in die allerletzte Reihe und hoffte, Raoul würde zu mir kommen wie auf der Hinfahrt. Überrascht sah ich jedoch, dass er sich neben Rose setzte. Ich konnte es ihm nicht verübeln. Raoul zückte sofort wieder sein Notizbuch und einen Stift, den MP3-Player ließ er im Rucksack. Neben Rose, so dachte ich, würde er wenigstens seine Ruhe haben. Auch sie holte gleich ihr Tagebuch heraus und begann zu schreiben. Nur ab und zu wechselten sie ein paar Worte. Neben mir nahm Lale Platz, worüber ich sehr froh war. Aber geredet haben auch wir nicht viel. Mir fiel nichts ein.
Hin und wieder linste ich verstohlen nach vorne zu Marilu. Nur zu gern hätte ich mich wieder mit ihr versöhnt. Sie jedoch flüsterte und tuschelte mit den anderen. Immer wieder sahen sie zu mir hin, mal kicherten sie dabei, dann wieder blickten sie feindselig. Bestimmt haben sie Rachepläne gegen mich geschmiedet.
Es ist wirklich tolles Wetter. Auf der Straße fahren schon die ersten Radfahrer, obwohl es noch nicht mal neun Uhr ist. Ein Cabrio braust vorbei, laute Musik dröhnt aus den Lautsprechern des Autoradios.

Bestimmt werden meine Eltern gleich wach. Diesen Sonntag werde ich wohl mit ihnen verbringen; zum einen, weil wir uns fast eine Woche lang nicht gesehen haben, aber auch, weil es sonst niemanden gibt, mit dem ich mich treffen könnte. Ich könnte höchstens Lale anrufen, später, so gegen fünf Uhr nachmittags. Vielleicht mache ich das tatsächlich. Wenn ich daran zurückdenke, dass ich mir vor der Klassenfahrt erträumt hatte mit Raoul zusammenzukommen . . . Davon bin ich jetzt meilenweit entfernt. Er war nett zu mir auf der Reise – keine Frage. An ihm liegt es nicht, dass aus uns kein Paar wurde. Wenn Marilu es nicht derart auf ihn abgesehen hätte, wäre vielleicht sogar etwas daraus geworden.
Aber jetzt habe ich keine Chance mehr, denn seit gestern hat Raoul eine Freundin. Und Marilu hat noch eine »Freindin« mehr, nicht nur mich. Denn Raouls Flamme ist nicht sie. Sondern Rose ist jetzt fest mit ihm zusammen.
Vor unserem Haus bleibt gerade ein Liebespärchen stehen und umarmt sich. Gleich darauf versinken die beiden in einem langen Kuss. Ob Rose und Raoul sich auch schon so geküsst haben? Bei ihm kann ich es mir gut vorstellen. Wenn er so küsst, wie seine Musik

klingt, ist er sicher sehr leidenschaftlich. Rose hingegen wirkt immer so nüchtern.
Dennoch hat sie Raouls Herz erobert, denke ich, als sich die beiden Verliebten dort unten voneinander lösen und eng umschlungen weitergehen. Es ist verrückt, wie leicht so etwas manchmal geht. Wie plötzlich es passieren kann. Ganz ohne weibliche Taktik, und es hatte auch nichts mit »Jäger und Sammler« zu tun.
Raoul brütete im Bus unentwegt über seinem Songtext, Rose schrieb emsig in ihr Tagebuch und schon dabei beobachtete ich sie und dachte: Irgendwie passen sie zusammen.
Dann jedoch verscheuchte ich diesen Gedanken sofort wieder. Schließlich bin ich ja selbst in Raoul verliebt und wollte um nichts in der Welt, dass eine andere mit ihm geht.
Je länger sie da so einträchtig nebeneinander saßen, desto häufiger warf Rose einen Blick auf Raouls Blatt. Zuerst schaute sie nur heimlich, dann immer mehr mit offenkundigem Interesse. Schließlich beobachtete ich, wie Raoul irgendetwas zu ihr sagte und sein Blatt zu ihr hinschob. Während sie las, lehnte er sich zurück und schloss die Augen. Er sah erschöpft aus.

Plötzlich huschte ein Leuchten über Roses sonst so verschlossenes Gesicht. Sie stupste Raoul sanft mit dem Ellbogen an, und als er die Augen öffnete und sie ansah, deutete sie auf das Blatt und schien einen Vorschlag zu machen. Und Raoul strahlte vor Begeisterung! Von da an steckten Rose und er die Köpfe zusammen und dichteten augenscheinlich gemeinsam weiter. Mal sagte er eine Zeile, dann wieder sie, und als der Bus vor unserer Schule hielt, hatte Raoul rote Ohren und stieg Hand in Hand mit Rose aus. Total selbstbewusst baute er sich vor Herrn Dietloff auf und verlangte sein Handy zurück. Als unser Lehrer Rose an seiner Seite erblickte, gab er es ihm sofort.
All dies war natürlich auch Marilu nicht entgangen. Als Lale und ich als Letzte auf die Straße traten, sah ich ganz genau, dass sie mich mit einem Blick streifte, der mir verriet, dass auch sie nicht damit gerechnet hatte. Raoul und Rose. Unser Raoul, ausgerechnet mit der Klassenaußenseiterin, um die wir uns kümmern sollten, damit sie mehr Anschluss findet. Den hat sie ja jetzt. Und wir haben nicht einmal etwas dazu beigetragen.
Aus der Küche dringen Geräusche zu mir ins Zimmer. Meine Mutter scheint aufgestanden zu sein und macht das Frühstück.

»Nun erzähl doch mal ein bisschen von der Reise«, ermuntert mich mein Vater, als wir alle drei am Tisch sitzen. »Gestern Abend warst du ja so schweigsam. War es denn nicht schön?«
»Wie soll es denn schön gewesen sein«, fällt ihm Mama ins Wort. »Sie hat sich doch nur gequält, seitdem ihr Medikament verschwunden war! Ich werde der Frau Otte aber noch etwas dazu sagen. Sie hätte . . .«
»Ich wollte keinen Aufstand machen, Mama«, unterbreche ich sie. »Und mach du es bitte auch nicht. Natürlich wäre Frau Otte mit mir zum Arzt gegangen, wenn ich etwas gesagt hätte.«
Um vom Thema abzulenken, erzähle ich doch von der Klassenfahrt, eben das, was Eltern so hören wollen. Wer alles in meinem Zimmer war, was wir unternommen haben, ob das Essen in der Jugendherberge geschmeckt hat und ob wir gutes Wetter hatten. Ich rede und rede, beantworte geduldig ihre Fragen, bis sie zufrieden sind.
Am Nachmittag machen wir einen Spaziergang durch den nahe gelegenen Stadtpark. Als wir wieder zu Hause sind und ich gerade die Schultasche für Montag gepackt habe, klingelt das Telefon. Schon beim ersten Klingeln stürze ich in den Flur. Vielleicht ruft Marilu an.

Sie ist es tatsächlich. Als ich ihre Stimme am anderen Ende der Leitung höre, könnte ich glatt losheulen vor Erleichterung. Aber das muss sie ja nicht gleich merken.
»Was ist?«, frage ich also und versuche möglichst cool zu klingen.
»Rose hat mich eben angerufen«, erzählt sie. »Raouls neuer Song ist schon fertig und jetzt will er ihn mit seiner Band im Probenraum ein paar Leuten vorspielen. Sie wollen wissen, wie er beim Publikum ankommt. Uns beide laden sie auch dazu ein. Heute Abend um acht im Jugendfreizeitheim. Kommst du?«
Die macht es sich einfach, denke ich und antworte erst mal nicht. Als ich mich bei ihr entschuldigt habe, blökte sie mich an. Jetzt soll ich auf einmal wieder springen, nur weil es ihr gerade in den Kram passt.
»Du hast doch deinen Fanklub«, erwidere ich also. »Oder wer hat dich die ganze Zeit im Bus angehimmelt?«
»Du sollst kommen«, beharrt Rose. »Rose meint, Raoul hat es gesagt. Du verstündest was von seiner Musik.«
»Ich habe nichts anzuziehen«, entgegne ich reserviert. »Weißt du ja. Nur eine peinliche durchsichtige Regenjacke und Glitzerjeans.«

Ich höre genau, wie Marilu schluckt. »Ich leih dir mein Shirt«, bringt sie schließlich hervor. Ich spüre förmlich, wie viel Überwindung sie das gekostet haben muss. »Du weißt schon, welches. Ich würde es dir auch schenken, aber dann meckert meine Mutter. Für heute Abend bekommst du es. Ist das ein Wort?«
»Ich will nicht herumlaufen wie ein Abklatsch von dir.«
Marilu seufzt. »Jetzt sei doch nicht so stur, Josi. Was soll ich denn noch machen, damit du siehst, dass ich mich wieder mit dir vertragen will?«
Jetzt werde ich doch hellhörig. Solche Worte sind neu an Marilu. Bisher hat sie sich immer schulterzuckend abgewendet, wenn jemand ihre Vorschläge nicht annahm. Egal, ob ich das war oder jemand anders.
»Woher soll ich wissen, dass ich dir vertrauen kann?«, frage ich sie dennoch.
Marilu antwortet nicht gleich, ich höre sie atmen.
»Ich habe noch etwas für dich«, sagt sie schließlich.
»Nicht nur dein Lieblingsshirt. Du wirst sehen, dass wir dann quitt sind.«
»Was soll das schon sein?«, frage ich. Ein wenig zappeln lassen will ich sie nun schon.
»Ich muss es dir geben«, antwortet Marilu. »Es ist wichtig, Josi. Wichtig für dich. Glaub mir doch bitte.«

Das Gefühl, als ob jemand mir den Boden unter den Füßen wegreißt, kenne ich ja nun schon. Und auch wie es ist, wenn ich dieses Gefühl Marilus wegen habe. Mit einem Mal weiß ich, was sie mir geben will. Ich hätte gleich darauf kommen können, dass sie es war, die mein Allergiespray versteckt hat. Vielleicht habe ich es in irgendeinem Hinsterstübchen meines Gehirns auch gewusst. Wahrhaben wollte ich es jedoch nicht. Vor meinem geistigen Auge rattern noch einmal die letzten Tage an mir vorbei. Nur wegen Marilu hat mich der Heuschnupfen so schlimm geplagt wie noch nie. Nur wegen ihr sah ich tagelang aus wie ein Zombie.
Aber Raoul hat sich nicht deshalb für Rose entschieden und ich habe mich längst an Marilu gerächt. Vielleicht wird ja wirklich alles wieder gut. Vielleicht.
»Ich hatte zu Hause noch eine Sprühflasche«, sage ich und lasse meine Stimme noch ein ganz klein wenig distanziert klingen. »Mach dir darum also keine Gedanken.«
»Ach so«, antwortet sie beinahe tonlos. Dann holt sie tief Luft. »Wollen wir nicht trotzdem zusammen zum Freizeitheim gehen? Dann sehe ich den süßen Sänger wieder und weißt du noch: Der Bassist ist auch nicht zu verachten!«

»Die Jungs sind mir erst mal egal. Ich kann nicht gleich ein Auge auf jemand anderen werfen. Schließlich war ich wirklich in Raoul verknallt. Ich bin da nicht so locker wie du.«
»Weiß ich doch«, sagt Marilu. »Aber ich will mit niemandem so gerne hingehen wie mit dir. Ehrlich!«
Ich überlege einen Augenblick. Heute früh habe ich noch geglaubt, mit unserer Freundschaft wäre es vorbei. Jetzt will mich Marilu wieder sehen, so schnell wie möglich. So ganz traue ich dem Frieden noch nicht. Aber wenn ich nicht hingehe, werde ich auch morgen nicht wissen, mit wem ich mich verabreden soll. Mit Lale vielleicht. Aber das ist nicht so wie mit Marilu.
»Josi?«, fragt sie am anderen Ende, sie klingt beinahe schüchtern. »Bist du noch dran?«
Bei Raouls Auftritt werden wieder viele Jungs und andere Mädchen sein. Vielleicht spielt Marilu dann wieder ihre Spielchen, will sich den Typen angeln, den auch ich gut finde. Oder sie zickt auf andere Art herum. Aber wenn, dann kann ich ja immer noch gehen.
»Ja, ja«, sage ich und muss plötzlich lachen. »Klar bin ich noch dran!«